KB246800

국어과 선생님이 뽑은

한국문학읽기
한국고전읽기
세계문학읽기

국어과 선생님이 뽑은

호질·양반전·허생전 外

박지원 지음

문학읽기 16

국어과 선생님이 뽑은 **호질·양반전·허생전 外**

벽에 그린 까마귀, 때가 묻지 못하는데……

초판 1쇄 | 2008년 5월 15일 발행
재판 1쇄 | 2014년 5월 15일 발행
재판 3쇄 | 2017년 6월 15일 발행

지은이 | 박지원
엮은이 | 김대석
교   정 | 이정민
디자인 | 인지숙
일러스트 | 김한결·이혜인
펴낸이 | 이경자
펴낸곳 | 북앤북

주소 | 경기도 고양시 일산동구 산두로 128, 909동 202호
전화 | 031-902-9948
팩시밀리 | 031-903-4315
등록 | 제 313-2008-000016호

ISBN 978-89-89994-64-0 44800
     978-89-89994-91-6 (세트)

잘못된 책은 구입하신 서점에서 바꾸어 드립니다.

이 책에 수록된 작품의 표기는 '한글 맞춤법'의
규정을 원칙으로 하되 작가 특유의 문체나
방언 등은 원본에 따른다.

ⓒ2017 by Book & Book printed in Seoul, Korea

벽에 그린 까마귀, 매가 되지 못하는데……

                                    에게 드립니다

호질·양반전·허생전 外

호질 미리보기

날이 저물자 호랑이는 무엇을 잡아먹을까 고민하다가 마침내 청렴한 선비의 고기를 먹기로 결정하고 마을로 내려온다. 이때 고을에 덕망이 높은 학자로 이름난 북곽 선생이라는 선비가 동리자라는 젊은 과부와 정을 통하였다. 그녀에게는 성이 각각 다른 아들 다섯이 있는데, 어느 날 밤 아들들이 북곽 선생을 여우로 의심하여 몽둥이를 들고 어머니의 방을 습격한다. 그러자 북곽 선생은 허겁지겁 도망쳐 달아나다가 그만 길옆에 파 놓은 거름통에 풍덩 빠진다. 북곽 선생은 거름통에서 간신히 빠져나왔지만 이번에는 바위덩이만 한 큰 호랑이가 버티고 있었다. 호랑이는 더러운 선비라 탄식하며 유학자의 위선과 아첨, 이중인격 등에 대하여 신랄하게 비판한다. 북곽 선생은 정신없이 머리를 조아리고 목숨만 살려주기를 빌다가 머리를 들어 보니 호랑이는 보이지 않았다. 아침에 농사일을 하러 가던 농부가 북곽 선생을 발견하고 그의 행동에 대해 물었다. 그러자 그는 농부에게, 자신의 행동이 하늘을 공경하고 땅을 조심하는 것이라고 변명한다.

호질 핵심보기

이 작품은 박지원이 지은 《열하일기》의 '관내정사' 속에 수록되어 있다. 이 작품은 위선적인 인물을 대표하는 북곽과 동리자를 내세워 당시의 양반 계급, 즉 다수 선비들의 부패한 도덕 관념을 풍자하여 비판한 것이다. 도덕과 인격이 높다고 소문난 북곽(양반 계급)은 결국 '여우' 같은 인물이요, 온몸에 똥을 칠한 더러운 인간이며, 끝까지 위선과 허세를 부리는 이중적인 인간임을 고발하고 있다.

강 북쪽에는 닭이 울고

강 남쪽에는 별이 반짝이네.

방 안에 사람 소리 있으니

어찌 북곽 선생의 음성과 같은가.

호
질

虎叱

이 세상의 여러 가지 짐승 중에서 범은 산중의 임금 격이다.

범은 모든 일에 뛰어날 뿐만 아니라 성품이 어질고, 성스러우며 그야말로 천하에서 대적할 이가 없다. 그러나 이러한 범도 잡아먹히는 수가 있다고 한다. 비위라는 동물은 범을 잡아먹고, 죽우(竹牛)도 범을 잡아먹으며, 박(駁)도 범을 잡아먹고, 특히 오색사자(五色獅子)는 범을 큰 나무가 있는 산에서 잡아먹고, 표견(豹犬)은 날아서 범과 표범을 잡아먹으며, 황요(黃要)는 범과 표범의 염통을 꺼내어 먹고, 활(猾)은 범과 표범에게 먹힌 뒤 그 뱃속에서

간을 뜯어먹으며, 추이(酋耳)는 범이 보이기만 하면 곧 찢어서 먹고 맹용을 만나면 눈을 뜨지 못하여 잡아먹히고 만다. 그런데 사람이 용은 무서워하지 않으나 범은 무서워하는 것은 역시 범의 위풍이 몹시 엄하기 때문이다. 범이 개를 잡아먹으면 술 마신 것처럼 취하게 되고, 사람을 잡아먹으면 신기한 조화를 부리게 된다.

범이 사람을 한 번 잡아먹으면 '굴각' 이라는 잡귀가 범의 겨드랑이에 붙어 살면서 그 집 주인이 갑자기 배고픔을 느껴 한밤중이라도 아내에게 밥을 짓게 한다.

범이 두 번째 사람을 잡아먹으면 '이올(彛兀)' 이라는 잡귀가 광대뼈에 붙어 살며 높은 곳에 올라가서 사냥꾼의 행동을 살피되, 만일 골짜기에 함정이나 화살이 있으면 먼저 가서 그것을 치워 버린다.

범이 세 번째 사람을 잡아먹게 되면 '죽혼' 이라는

잡귀가 범의 턱에 붙어 살며 그가 평소에 잘 알던 친구의 이름을 불러 댄다.

어느 날 범이 여러 창귀들을 불러 모아 놓고 말했다.

"곧 날이 저무는데 어디 가서 먹을 것을 구한단 말이냐?"

그러자 굴각이 선뜻 나서서 대답하였다.

"제가 점쳐 보았더니 뿔과 털이 없고 머리가 검으며 눈 위에 발자국이 있는데, 듬성듬성 성긴 발걸음이고 뒤통수에 꼬리가 달려 있어 제 엉덩이를 채 감추지 못하는 물건이옵니다."

굴각이 말한 것은 머리를 딴 총각을 가리킨 말이었다.

다음에는 이올이 나서면서 말했다.

"동문에는 먹을 것이 하나 있는데, 그놈의 이름은 의원이라고 합니다. 의원은 온갖 약초를 다루고 먹으므로 그 고기가 향기롭습니다. 그리고 서문에도 먹을 것이 있는데, 그것의 이름은 무당입니다. 무당은 여러 귀신에게 예쁘게 보이려고 날마다 목욕

북앤북 도서목록

미래의 희망인 청소년들을 위한
지식의 보고(寶庫)!

논술고사 · 수능대비 청소년 필독서

국어과 선생님이 뽑은
한국 단편소설 37선

청소년들의 논술고사와 수능시험의 출제 경향을 분석해 중 · 고생이 꼭 읽어야 할 대표적인 한국단편소설 37선을 선별하여 각 작품마다 작가소개와 작품해설, 줄거리를 실었으며, 개별 작품에 대한 단편적인 지식보다는 종합적인 이해가 되도록, 작품 전문을 줄이지 않고 중편 이상의 작품들도 수록하였다. 또한, 작품 전문 위주로 편집해 학생의 독서 능력 향상에 도움을 주도록 예쁜 삽화와 함께 컬러로 구성하였다.

김동인 · 현진건 외 지음
신국판 · 컬러 816쪽 · 값 16,800원
ISBN : 9788989994183

경기도 고양시 일산동구 산두로 128. 909동 202호 | T · 031-902-9948 | F · 031-903-4315

국어과 선생님이 뽑은 **북앤북 문학 읽기 시리즈**

❶

국어과 선생님이 뽑은 김동인 단편선
감자 & 배따라기 & 광염소나타 외
극단적인 상황과 비극적 운명에 빠진 인물 군상들을 환경에 대한 근대적 인식을 빼어난 문체와 냉정하게 서술해낸 한국 근대 단편 문학의 선구자 김동인의 주옥같은 작품으로 당시의 시대적 배경과 사회상도 엿볼 수 있도록 작가의 사상과 문학적 배경에 관한 설명을 담았다.
4 · 6양장 | 컬러 208쪽 · 값 8,500원
ISBN : 9788989994534

❷

국어과 선생님이 뽑은 김유정 단편선
봄봄 & 동백꽃 & 금따는 콩밭 외
강원도 지방의 토속어를 바탕으로 뛰어난 해학과 풍자를 통해 일제강점기에 농촌의 참담한 현실을 정화하게 묘사해온 김유정의 단편선이다. 농촌에서 우직하고 순진하게 살아가는 농민을 특유의 해학적 수법으로 표현했다. 특히 질퍽한 웃음 속에 땅에 붙박여 살아가는 농민의 애끓는 울음이 짙게 깔려있다.
4 · 6양장 | 컬러 208쪽 · 값 8,500원
ISBN : 9788989994541

❸

국어과 선생님이 뽑은 현진건 단편선
운수 좋은 날 & 빈처 & B사감과 러브레터
일제 강점기를 배경으로 시대적 상황 아래서 하류하루를 살아 내기에도 버거웠던 하층민의 비극적 삶을 들여다보고 당시의 모습을 사실적으로 보여주는 자연주의 문학의 대표 작가 현진건의 단편 8편을 실었다.
4 · 6양장 | 컬러 204쪽 · 값 8,500원
ISBN : 9788989994558

❹

국어과 선생님이 뽑은 이효석 단편선
메밀꽃 필 무렵 & 산 & 돼지 외
길 위에서 일생을 살아가는 장돌뱅이의 삶과 애환을 담고 있는 세련된 언어와 풍부한 어휘로 인생에 대한 깊고 고찰과 함께 헤어진 혈육과의 운명적인 만남이라는 두 가지 이야기를 한 편의 시처럼 그려낸 이효석의 7편의 단편을 담았다.
4 · 6양장 | 컬러 208쪽 · 값 8,500원
ISBN : 9788989994565

❺

국어과 선생님이 뽑은 채만식 단편선
레디메이드 인생 & 논 이야기 & 치숙 외
1930년대 우리 민족이 겪어야만 했던 일제하의 심각한 불황 그리고 그 속에서 지식인이 겪었던 취직난과 생활난을 해학적으로 그린 채만식의 풍자문학의 결정판으로 대표작 6편이 수록되어 있다.
4 · 6양장 | 컬러 208쪽 · 값 8,500원
ISBN : 9788989994572

❻

국어과 선생님이 뽑은 이상 단편선
날개 & 권태 & 지도의 암실 외
매춘부 아내에게 의탁하며 사는 무의식적 지식인인 '나' 가 일제 강점기 때 분열된 자아의 내면을 가장 안쪽에 있는 부분에 대한 이야기를 보여주는 심리소설로 시대를 앞서 간 천재작가 이상의 초현실주의적 작품 6편을 실었다.
4 · 6양장 | 컬러 208쪽 · 값 8,500원
ISBN : 9788989994589

❼

국어과 선생님이 뽑은 최서해 단편선
탈출기 & 홍염 & 전아사 외
1920년대를 전후한 일제 강점기 시절 자신들을 지켜줄 국가가 없기 때문에 중국과 일본 틈바구니에서 견디기 힘든 고통의 삶을 살아가는 이주민의 빈곤한 삶을 극명하게 잘 보여주는 작품들을 담아냈다.
4 · 6양장 | 컬러 208쪽 · 값 8,500원
ISBN : 9788989994664

❽

국어과 선생님이 뽑은 안국선 단편선
금수 회의록 & 공진회 외
각종 동물들을 등장시켜 인간 사회의 부조리와 현실을 비판하는 풍자한 우화 소설 金수 회의록 여러 가지 신기한 물건을 벌여 놓고 모든 사람으로 하여금 구경하게 하는 이야기《공진회》등의 안국선 단편 소설을 모아 엮었다.
4 · 6양장 | 컬러 184쪽 · 값 8,500원
ISBN : 9788989994671

❾

국어과 선생님이 뽑은 나도향 단편선
물레방아 & 벙어리 삼룡이 & 행랑 자식 외
나도향의 대표적인 단편소설《물레방아》《벙어리 삼룡이》《행랑자식》《꿈》《뽕》《지형근》등 총 6편의 작품을 수록했다. 나도향의 작품 중 낭만주의적인 문학세계를 보여주고 인간의 본능적인 감정의 세계를 잘 묘사한 토속적인 그의 작품 세계를 잘 보여준다.
4 · 6양장 | 컬러 216쪽 · 값 8,500원
ISBN : 9788989994718

❿

국어과 선생님이 뽑은 이태준 단편선
복덕방 & 해방 전후 & 돌다리 외
단편 소설의 모범을 완성했다고 평가받는 그의 작품은 삶의 뒷전으로 밀려난 노인들의 애환과 불우한 처지에 놓인 사람들의 감정을 관찰적으로 인물을 등장시켜 간결한 문장과 실감나는 표현으로 한국 근대 단편 소설의 미학적인 완성자로 평가받는다.
4 · 6양장 | 컬러 208쪽 · 값 8,500원
ISBN : 9788989994725

※ 북앤북 문학 읽기 시리즈는 계속 출간됩니다.

국어과 선생님이 뽑은 **북앤북 문학 읽기 시리즈**

국어과 선생님이 뽑은 한국고전 수필 모음
한중록 & 계축일기 & 인현왕후전 의

중·고교 청소년들이 꼭 읽어야 할 고전 수필 작품들을 이해하기 쉽게 예쁜 삽화와 함께 컬러로 편집하였다. 각 작품마다 작가소개와 작품해설, 줄거리를 실었으며, 학생 자신의 독서 능력을 향상시키기 위해 작품 전문 위주로 편집하였다.

4·6양장 | 컬러 240쪽·값 8,500원
ISBN : 9788989994770

국어과 선생님이 뽑은 고전 신화·설화 모음
단군신화 & 구토설화 & 주몽신화 의

중·고교 청소년들이 꼭 읽어야 할 신화 설화 작품들을 이해하기 쉽게 예쁜 삽화와 함께 컬러로 편집하였다. 각 작품마다 작가소개와 작품해설, 줄거리를 실었으며, 학생 자신의 독서 능력을 향상시키기 위해 작품 전문 위주로 편집하였다.

4·6양장 | 컬러 192쪽·값 8,500원
ISBN : 9788989994787

국어과 선생님이 뽑은 걸전계 소설·패관문학 모음
공방전 & 국순전 & 국선생전 의

중·고교 청소년들이 꼭 읽어야 할 가전체와 패관 문학 작품들을 이해하기 쉽게 예쁜 삽화와 함께 컬러로 편집하였다. 각 작품마다 작가소개와 작품해설, 줄거리를 실었으며, 학생 자신의 독서 능력을 향상시키기 위해 작품 전문 위주로 편집하였다.

4·6양장 | 컬러 160쪽·값 8,500원
ISBN : 9788989994794

국어과 선생님이 뽑은 한국단편 소설 모음
한국단편 소설 13 선

교과서에 수록된 중고생이 꼭 읽어야 할 문학 작품들을 정확하게 파악할 수 있도록, 봄봄, 동백꽃, 운수 좋은 날, 고향, 감자, 배따라기, 물레방아, 레디메이드인생, 척박행, 날개, 탈출기, 메밀꽃 필 무렵, 백치 아다다 등 13편을 작품 전문과 작자 소개와 줄거리 및 해설을 예쁜 삽화와 함께 실었다.

4·6양장 | 컬러 320쪽·값 9,500원
ISBN : 9788989994923

국어과 선생님이 뽑은 세계단편 소설 모음
세계단편 소설 12선

교과서에 수록된 중고생이 꼭 읽어야 할 문학 작품들을 정확하게 파악할 수 있도록, 목걸이, 사람은 무엇으로 사는가, 마지막 잎새, 큰 바위 얼굴, 기다란 사람들, 살인자, 외투, 귀여운 여인, 2인조도둑, 밀회, 별, 검은고양이 등 12편을 작품 전문과 작자 소개와 줄거리 및 해설을 예쁜 삽화와 함께 실었다.

4·6양장 | 컬러 336쪽·값 9,500원
ISBN : 9788989994930

국어과 선생님이 뽑은 한국고전 소설 모음
한국고전 소설 14 선

교과서에 수록된 중고생이 꼭 읽어야 할 문학 작품들을 정확하게 파악할 수 있도록, 만복사저포기, 이생규전진, 호질, 양반전, 허생전, 구운몽, 홍길동전, 운영전, 사씨남정기, 박씨전, 춘향전, 흥부전, 심청전, 토끼전 등 14편을 작품 전문과 작자 소개와 줄거리 및 해설을 예쁜 삽화와 함께 실었다.

4·6양장 | 컬러 336쪽·값 9,500원
ISBN : 9788989994947

국어과 선생님이 뽑은 김소월 명시
진달래 꽃 & 먼 후일 & 산유화 의

나보기가 역겨워 가실 때에는 영변에 약산 진달래꽃 사뿐히 즈려밟고 가시옵소서라는 향토적인 시어와 우리 민족의 한(恨)을 노래한 김소월의 작품을 실었다.

4·6양장 | 컬러 192쪽·값 8,500원
ISBN : 9788989994954

국어과 선생님이 뽑은 윤동주 하늘과 바람과 별과 시
서시 & 별 헤는 밤 & 자화상 의

시內懷 솔시힘 잎도 잃고 미구 피볼드 열이 기을 하늘의 별을 헤는 한국어로 쓰인 시 중 가장 아름다운 시를 남긴 윤동주의 주옥같은 시와 동시를 실었다.

4·6양장 | 컬러 152쪽·값 8,500원
ISBN : 9788989994961

국어과 선생님이 뽑은 한용운 명시
님의 침묵 & 나룻배와 행인 & 알 수 없어요의

만날 때에 떠날 것을 염려하고 떠날 때에 다시 만날 것을 믿는 현대적인 자유시를 통해 민족적 주체성을 일깨워 주는 한용운의 작품을 실었다.

4·6양장 | 컬러 168쪽·값 8,500원
ISBN : 9788989994978

국어과 선생님이 뽑은 이육사 선집
광야 & 청포도 & 절정 의

광야에 가난한 노래의 씨를 뿌리며 훗날 백마 탄 초인을 기다린 저항시를 삶으로 실천한 독립운동가 이육사의 시와 산문을 실었다.

4·6양장 | 컬러 160쪽·값 8,500원
ISBN : 9788989994985

※ 북앤북 문학 읽기 시리즈는 계속 출간됩니다.

논술고사 · 수능대비 청소년 필독서

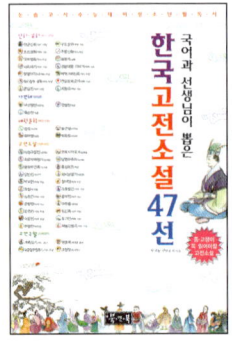

국어과 선생님이 뽑은

한국 고전소설 47선

고전이라고 하면 흔히들 시대에 뒤떨어진 것이라고 가볍게 생각할 수도 잇다. 그러나 온고이지신이란 말도 있듯이 과거는 과거로서 의미가 있고 현재는 과거가 바탕이 되어 만들어진 창조물이므로 오늘날의 고전은 항상 새로움으로 인식되어야 한다. 이 책에는 각 작품마다 줄거리와 해설은 물론 작가의 작품 세계를 청소년의 눈높이에 맞추어 예쁜 삽화와 함께 컬러로 편집되었다.

박지원 · 김만중 외 지음
신국판 | 컬러 608쪽 · 값 14,900원
ISBN : 9788989994176

국어과 선생님이 뽑은

세계 단편소설 33선

성장기에 읽은 감동적인 소설은 청소년들에게 많은 영향을 준다. 오늘날까지 세계의 수많은 사람들에게 읽히며 감동을 주는 중 · 고등학교 교과서에 수록된 세계 단편소설들을 모아 각 작품마다 소개와 줄거리 및 작품정리를 실었으며 중편 이상의 작품들도 축약하지 않고 전문을 수록하였다. 또한 청소년들에게 쉽게 다가갈 수 있도록 아름다운 삽화와 함께 컬러로 편집하였다.

O.헨리 · 알퐁스 도데 외 지음
신국판 | 컬러 752쪽 · 값 15,800원
ISBN : 9788989994190

국어과 선생님이 뽑은

한국 고전소설 · 신화 · 설화 · 수필 · 가전체 64

이 책은 교육과정 개편과 중 · 고등학교 교과서 개정에 맞춰 수능과 논술, 내신을 위해 중 · 고생이 꼭 읽어야 할 한국 고전소설 · 신화 · 설화 · 가전체 · 수필 등을 싣고 시대부터 조선 후기까지 작품을 창작 연대순으로 배열하였다.

각 작품마다 작가 소개, 작품 정리, 줄거리를 실었으며 한자나 어려운 단어는 괄호 안에 주석을 달아 원작의 표현과 내용을 쉽게 파악할 수 있도록 64편의 작품 전문을 수록하여 이 책을 꾸며 보았다.

김시습 · 김만중 외 지음
신국판 | 컬러 736쪽 · 값 16,800원
ISBN : 9791186649015

※ 논술고사 · 수능대비 청소년 필독서는 계속 출간됩니다.

을 하여 그 고기가 깨끗합니다. 그
러니 의원과 무당 중에서 입맛 당
기는 대로 골라 잡수십시오."
이 말을 들은 범은 수염을 추켜올
리고 얼굴을 붉히며 호령하였다.
"도대체 의원이란 게 어떤 것인지나 알고 하는 말
이냐? '의(醫)란 의(疑)라고' 하는 말로 즉 의심스
러운 자가 아니더냐. 저 자신도 모르는 것을 아는
체하고 이것저것 시험해 보다가 해마다 수많은 사
람을 죽이는 의원의 고기가 어찌하여 향기롭다는
것이냐? 또 무당은 어떠냐? '무(巫)란 무(誣)'라는
말이 있다. 무당이란 귀신을 부릴 수 있다고 사람
을 속여 굿을 합네 하고 무고한 백성들을 죽이느니
라. 여러 사람의 원성이 그들의 뼛속까지 스며들어 '금
잠'이라는 독충이 되어서 그들의 뼛속에 득실거리
고 있는데 그것을 어떻게 먹을 수 있단 말이냐?"
이번에는 죽혼이 나서며 말했다.
"저 숲 속에 고기가 있는데 입으론 제자백가의 글
을 외우고, 마음은 만물의 이치를 통달한 유학자이

옵니다. 그의 이름은 석덕이라고 하는데 등살이 오
붓하고 몸집이 기름져서 다섯 가지 맛을 모두 갖추
고 있습니다."

범이 그제야 눈썹을 치켜세우고 침을 흘리며 하늘
을 올려다보고 싱긋 웃으면서 말했다.

"내 좀 자세하게 듣고 싶구나."

모든 창귀들이 서루 다투며 범에게 권했다.

"유학자는 음과 양의 이치를 꿰뚫어 알고 있으며,
오행이 상생하는 이치와 육기가 서로 이끌어 주는
원리를 깨달아 알고 있으니 이보다 더 좋은 먹을
거리는 없을까 하옵니다."

"음양이란 도라 이르는데 저 선비는 이것을 꿰뚫었
습니다. 오행이 서로 얽혀서 낳고, 육기가 서로 베
풀어 주는데 저 선비가 이를 조화시키니 먹어서 맛
이 있는 것이 이보다 더한 것이 없습니다."

범이 이 말을 듣고 얼굴빛을 붉히며 말했다.

음양이라는 것은 한 기운의 생성과 소멸에 불과한
데 이 두 가지를 겸비했다면 그 고기가 여러 가지
섞여 순하지 않을 것이다. 또 오행이 제각기 자리

에 있어서 애당초 서로 먼저 생기는 일이 없어야
하는데 구태여 자(子)·모(母)로 갈라서 심지어 짜
고 신맛을 분배시켰으니 그 맛이 순수하지 못할 것
이다. 육기란 스스로 행하는 것이요, 베풀고 인도
하는 것을 기다리지 않는 것인데, 이제 그들이 망

령되어 재성(財成)·보상(輔相)이라 일컬어서 자기들의 공이라고 으스대니 그것을 먹는다면 딱딱하여 체하거나 구역질이 나서 소화가 안 될 것이다."

그 말을 듣고 여러 창귀들은 아무도 감히 대답을 못하고 그저 묵묵히 앉아 있기만 하였다.

정이라는 고을에 두 명물이 있었다. 하나는 '북곽 선생'이라는 선비로 나이 마흔에 손수 교정을 본 책이 만 권이나 되었고, 구경(九經, 중국 고전의 아홉 가지의 경서)을 비롯하여 모르는 것이 없으며 뜻을 이해하기 쉽게 설명한 책만 만오천 권이 넘었다. 그리하여 왕에게까지 그 이름이 알려진 덕망 높은 학자였다.

또 하나는 마을 동쪽에 동리자라는 여인이 있었는데 얼굴이 예쁘고 일찍 과부가 되어 수절하고 있었다. 그 명성이 높아 왕은 그 고을 주변의 땅을 떼어 주면서 '동리과부의 마을'이라는 이름까지 지어 주었다. 그러나 동리자가 수절하고 있는 것은 사실이지만, 그에게는 다섯 아들이 있는데 모두 성이 각각 달랐다.

어느 날 밤 건넌방에서 떠들고 놀던 다섯 아이들 중의 한 놈이 밖에 나갔다가 들어오더니 긴장된 표정으로 말했다.

"안방에서 웬 남자 소리가 나기에 보았더니 북곽 선생이 계시더란 말이야!"

너무나도 괴이한 광경을 본 오형제는 다음과 같은 노래로 탄식을 하였다.

강 북쪽에는 닭이 울고
강 남쪽에는 별이 반짝이네.
방 안에 사람 소리 있으니
어찌 북곽 선생의 음성과 같은가.

서로의 얼굴만 쳐다보고 있던 다섯 형제는 안방으로 살금살금 가서 문틈으로 방 안을 들여다보았다. 북곽 선생과 마주 앉은 동리자가 미소로 교태를 부리면서 말했다.

"오랫동안 선생님의 덕을 사모하였습니다. 오늘 밤 낭랑한 목소리로 글 읽으시는 것을 들려 주실 수 없을까요?"

그제야 북곽 선생은 옷깃을 여미고 점잖게 꿇어앉
아 시를 한 수 지어 읊었다.

병풍에는 원앙이 한 쌍이요,
흐르는 반딧불은 반짝반짝하는데
가마솥과 세발솥은 누구를 본떠 만든 것일꼬?
흥야(興也)라.

여기서 원앙이란 남녀의 애정을 비유한 말이요, 가
마솥과 세발솥은 다섯 아들의 성이 각각 다른 것을
풍자한 것이다. 그러나 그 뜻을 알지 못한 동리자
는 그저 방글방글 웃으며 좋아할 뿐이었다.

그 꼴을 본 다섯 형제는 직접 확인한 사실이지만
도저히 믿어지지 않는 듯 모두 고개를 갸웃거렸다.
한 아이가 말했다.

"북곽 선생같이 덕망이 높은 유학자가 수절하는 과
부의 방에 들어갈 리가 없어! 소문에 의하면 이 고
을 성문이 헐어서 여우란 놈이 굴을 파고 산다던

데, 혹시 그 여우란 놈이 아닐까?"

다른 아이가 말했다.

"맞았어! 여우가 천 년을 묵으면 요술을 부려 사람의 탈을 쓴다고 하더라. 그 여우란 놈이 북곽 선생의 탈을 쓰고 어머니 방에 들어간 게 틀림없어!"

방 안에 있는 것이 여우일 것이라고 결론을 내린 다섯 아이들은 의견이 분분하였다.

"여우의 관을 얻는 자는 부자가 될 수 있다고 하더군."

"그뿐인가! 여우의 신을 얻어 신으면 자기의 모습을 감출 수 있으며 여우의 꼬리를 얻으면 모든 사람이 그 사람에게 홀려 버린대!"

"그러니 저 여우를 사로잡아서 우리들이 나누어 갖도록 하자."

이렇게 합의를 본 다섯 아이들은 일시에 문을 박차고 방 안으로 뛰어들었다.

"천 년 묵은 저 여우를 잡아라."

하며 고함을 지르자 북곽 선생은 크게 놀라 뒷문으

로 달아났다. 엉겁결에 뛰어나오기는 했으나, 덕망이 높기로 그 이름이 왕에게까지 알려진 몸인데 만약 이 소문이 나돌면 큰 낭패가 아닐 수 없었다.

다행이 다섯 아이들의 "여우 잡아라!" 하는 소리를 들었으므로 여우의 흉내를 내서 자기의 본색을 감추기로 하였다. 북곽 선생은 팔로 얼굴을 가리고 도깨비처럼 괴상한 춤을 추면서 '캥캥' 소리를 지르며 달아났다.

그런데 칠흑같이 어두운 밤길을 분별없이 뛰어가다가 그만 길옆에 파 놓은 거름통에 풍덩 빠지고 말았다. 악취가 진동하는 거름통에서 간신히 빠져나와 두리번거리던 북곽 선생은 기겁을 하며 털썩 주저앉아 버렸다. 바로 앞에 바위덩이와 같은 큰 범한 마리가 버티고 있는 게 아닌가?

북곽 선생의 망측스런 꼴을 본 범은 코를 싸쥐면서 말했다.

"어허! 유학자한테 고약한 냄새가 나는구나."

북곽 선생은 머리를 조아려 세 번 절하고 꿇어앉아 말했다.

"범님의 높은 덕망은 지극하십니다. 대인은 범님의 그 변화를 본받고 제왕은 그 걸음걸이를 본받으며 사람의 자식은 그 효성을 본받으려 하고 장수는 범님의 그 위엄을 배우고자 합니다. 그리고 범님의 그 거룩하신 이름이 저 하늘에 있는 성스러운 용과 짝이 되어 이 용이 한 번 움직이면 바람도 일으킬 수 있고, 또 한 번 움직이면 구름도 움직일 수 있으킬 수 있는데 범님은 이와 같은 조화를 가지고 계십니다. 범님같이 덕망이 높으신 분의 신하가 될 수는 없는지요."

범은 얼굴을 찡그리며 꾸짖었다.

"어허, 가까이 오지 말아라. 내 일찍이 들으니 유학자는 아첨을 잘하는 자들이라 하더니 과연 옳은 말이로구나. 너는 평소에 모든 나쁜 말을 동원하여 내 욕만 하더니, 목숨이 다급해지니까 이제는 세상의 좋은 말을 모조리 골라 가며 아첨을 하니 누가 너의 말을 믿겠느냐? 무릇 천하의 이치는 하나이니 범의 성품이 악하면 사람의 성품도 역시 악하다. 사람의 성품이 착하다면 범의 성품도 착하다. 너의 천 가지 말, 만 가지 말이 오상을 떠나지 않으며, 경계나 권면이 언제나 사강(四綱)에 있지만 저 서울 이나 고을 사이에는 코 베이고 발 잘리고 얼굴에 문신을 한 채 다니는 것들은 모두 오륜을 순종하지 않았던 사람이다. 그럼에도 불구하고 밧줄이며 먹 바늘이며 도끼며 톱 따위를 날마다 공급하기에 겨 를이 없으니 그 나쁜 짓들은 막을 길이 없다. 범의 세계에는 본래 이러한 형벌이 없으니 이로써 본다 면 범의 성품이 사람보다 어질지 아니한가.”

범은 계속해서 북곽 선생을 꾸짖었다.

“들어라. 먹는 것만 하더라도 사람은 못 먹는 게 없어 무엇이나 되는 대로 먹어 치우지만 범은 초목 이나 벌레 같은 것은 먹지 않으며, 강술 같은 좋지 못한 것을 즐기지 않고, 젓갈이나 알 같은 자질구 레한 것도 차마 먹지 못한다. 산에 있는 사슴이나 노루를 먹고 들에 나가면 소나 말을 사냥하여 먹으 며, 더구나 사람들처럼 먹는 것을 가지고 서로 다투는 일은 없다. 이 얼마나 광명정대한가? 범이 노루나 사슴을 먹으면 사람은 범을 미워하지 않다가도 범이 만일 말과 소를 잡아먹으면 원수라고 떠들어 대더구나. 아마 노루나 사슴이 사람에게 은혜를 끼친 적이 없지만 말과 소가 태워 주고 일해 주는 공로도, 사랑하고 충성하는 생각도 다 저버리고 다만 날마다 푸줏간이 이어지도록 이들을 죽이고, 심지어는 그 뿔과 갈기까지 남기지 않고 오히려 노루와 사슴을 함부로 잡아 우리로 하여금 먹을 것을 잃게 하고, 들에 나가서도 제대로 끼니를 이을 수 없게 하고 있으니 하늘로 하여금 그 정치를 공평하게 한다면 너희를 잡아먹는 데 있겠는가 놓아주는 데 있겠는가. 무릇 자기 것이 아닌 것을 도(盜)라 하고, 산 것을 죽이고 물건을 해치는 것을 적(賊)이라 한다. 너희가 밤낮 바쁘게 돌아다니며 팔을 걷고 눈을 부릅뜨며 남의 것을 함부로 빼앗고도 부끄러운 줄 모르고, 더구나 심한 자는 돈을 불러 형이라 하고

장수가 되기 위하여
아내를 죽이니 가히
다시 인륜의 도리를
논할 수가 없는 것

이다. 메뚜기에게서 그 밥을 빼앗기도 하고, 누에
한테서 그 무엇을 빼앗고, 벌을 못살게 굴어 그 꿀
을 빼앗고, 심한 무리는 심지어 개미의 알을 파내
어 젓갈을 담갔다가 조상 제사를 지내니 잔인하고
덕 없기는 세상에 어디 사람보다 더한 게 있겠는
가. 너희는 이(理)를 말하며 성(性)을 논하고 걸핏하
면 하늘을 일컬으나 하늘이 명한 대로 본다면 범이
나 사람이 다 한 가지 동물이요, 하늘과 땅이 만물
을 낳아서 기르는 인(仁)으로 논한다면 범과 메뚜
기·누에·벌·개미와 사람이 모두 함께 살면서 서
로 어길 수 없는 것이요, 또 그 선악으로 따진다면
버젓이 벌이나 개미의 집을 노략하고 긁어 가는 놈
이야말로 천하의 큰 도(盜)가 아니겠는가. 메뚜기와
누에의 살림을 함부로 빼앗고 훔쳐 가는 놈이 호로
인의(仁義)의 큰 적이 아니겠는가. 그리고 범이 일

찍이 표범을 먹지 않음은 범이 진실로 차마 제 무리를 해칠 수 없는 까닭이다. 그런데 노루나 사슴을 잡아먹을 것을 계산하면 사람이 말과 소를 먹는 것보다는 많지 않을 것이며, 범이 사람을 잡아먹는 것을 계산하면 사람이 저희끼리 서로 잡아먹는 것보다는 많지 않을 것이다. 지난해 관중(關中)이 크게 가물었을 때 인민(人民)이 서로 잡아먹는 자 수만 명이요, 또 앞서 산동(山東)에 큰 홍수가 났을 때 인민들이 서로 잡아먹은 자 역시 수만 명이었다. 그러나 서로 잡아먹음이 많기야 어찌 춘추 시대만 하였을까. 춘추 시대에는 공덕을 세우기 위한 싸움이 열일곱 번이요, 원수를 갚는 싸움이 서른 번에 그들의 피는 천 리를 물들였고, 그들의 시체는 백 만을 넘었다. 그러나 범의 세계에서는 가뭄과 홍수 걱정을 모르므로 하늘을 원망할 것 없고 원수와 은혜를 모두 잊고 지내기 때문에 누구에게나 원한이나 미움을 사는 일이 없다. 이렇게 보면 범이란 참으로 천명을 알고 그에 따라서 사는 동물이므로 흉악한 무당이나 의원의 간사한 행동에 혹

하지 않고, 타고난 자신의 모양대로 천명을 다하기 때문에 세속의 이해에 이끌려 병들지 않으니 이것은 범이 지혜롭고 성스러운 까닭이다. 그 한편의 일만 엿보더라도 족히 천하에 문(文)을 자랑할 수 있으며, 자그마한 병기를 지니지 않고 홀로 발톱이나 이빨의 날카로움만 가지고도 무용을 온 천하에 빛낼 수 있다. 또한 옛적에 제기(祭器)나 술통에는 으레 범이나 원숭이의 모양을 새기거나 그렸으니, 이는 실로 범의 효성스러움을 천하에 높이 찬양하여 떨치고 가르치기 위함이었다. 범은 하루에 한 번 사냥하면 먹을 것이 족하였고, 나머지는 아무 곳에나 내버려두면 까마귀, 솔개, 청개구리, 말개미 따위가 와서 먹었다. 그러니 범이 얼마나 인자한가는 일일이 들어 말하기가 어려울 정도이다.

북곽 선생이 머리를 조아리며 범의 말에 수긍했다.

"예예, 지당한 말씀이옵니다."

범이 계속해서 말을 이었다.

또한 범은 아무것이나 먹지 않는다. 고자질하는 무리는 먹지 않으며, 병에 걸린 자도 먹지 않으며,

상복 입은 무리도 먹지 않으니 범이 얼마나 의로우며 인자하냐. 그런데 너희가 먹고사는 것이야말로 인정 없기 짝이 없다. 저 덫과 함정으로도 모자라서 저 새 그물, 노루 그물, 작은 물고기 그물, 그리고 큰 물고기 그물, 수레 그물, 삼태 그물 등을 만들었으니 이는 애당초 그물을 만든 사람이 먼저 천하에 화를 끼친 것이다. 또 큰 바늘, 쥘 창, 날 없는 칭, 도끼, 세모진 창, 한 길 여덟 자 창, 뾰족창, 작은 칼, 긴 창 등이 생기고, 또 화포(火砲)란 것이 있어서 터뜨린다면 소리가 화산을 무너뜨릴 듯, 그 불기운은 음양(陰陽)을 누설하여 그 무서움이 우레보다 더하거늘 그래도 그 사나운 마음을 다 풀지 못한다. 이에 보드라운 털을 빨아서 아교를 녹여 날을 만들되 끝이 대추씨처럼 뾰족하고 길이는 한 치도 못되게 하여 오징어 거품에다 담갔다가 가로세로 멋대로 치고 찌르되 그 굽음은 세모진 창과 같고, 날카로움은 작은 칼 같고, 예리함은 긴 칼 같고, 갈라짐은 가시창 같고, 곧음은 화살 같고, 팽팽하기는 활 같아서 이 병기가 한 번 번뜩이면 모든 귀신들이 밤중에 곡을 할 지경이라니 서로 잡아먹기로는 가혹함이 뉘라서 너희보다 더할 자 있겠느냐."

범은 이렇게 꾸짖고 나서 어슬렁어슬렁 산속으로 돌아가 버렸다.

한편 북곽 선생은 고개를 들지도 못한 채 엎드려 말했다.

"모두 지당한 말씀이옵니다. 〈맹자〉에 이르기를 '아무리 악한 자라도 목욕재계하면 상제도 섬길 수 있다.'고 하니 저도 목욕재제계하고 범님을 섬기게 해 주십시오."

이렇게 말을 한 다음 머리를 계속 조아리면서 범의 처신을 기다렸지만, 아무 대답이 없어 간신히 고개를 들어 보았더니 범은 온데간데없고 아침 해가 밝아 오고 있었다.

이때 일찌감치 밭을 갈려고 나오다가 이 광경을 본 한 농부가 북곽 선생에게 물었다.

"왜 새벽부터 들판에다 절을 하고 계십니까?"

아픈 데를 찔린 북곽 선생은 헛기침을 한 번 하고

점잖게 말했다.

"자네는 무식하여 잘 모르겠지만 옛글에 이런 말이

있네. '하늘이 높다 하더라도 감히 허리를 굽히지

않을 것이며, 땅이 아무리 두텁다 하더라도 어찌

감히 조심스럽게 딛지 않으리오?' 라고 하였기에 절

을 하고 있는 것이라네."

그 놈의 양반을 아예 사 버리죠 뭐!

우리가 대신 환곡을 갚아 주고

양반 문서를 사면 재물도 많겠다

큰 소리 치고 살지 않겠어요?

양반전

양반전 미리보기

강원도 정선에 한 양반이 살고 있었다. 그는 학식이 높고 현명하며 글 읽기를 좋아했다. 그에 대한 소문이 좋아 부임하는 신임 군수들마다 그의 집을 찾아가서 인사를 했다. 양반은 살림이 넉넉하지 못하여 해마다 관가에서 빌려 주는 환곡을 타먹고 살았다. 이렇게 여러 해를 보내는 동안 빚은 산더미처럼 쌓여 1천 석이나 되었다. 어느 날 이 고을에 순찰차 들른 관찰사가 관곡을 조사하다가 이 사실을 알고 당장 양반을 잡아들이라고 명령한다. 이때 건넛마을에 사는 문벌이 없는 부자가 소문을 듣고 양반집으로 달려가 환곡을 갚아 줄 테니 양반을 팔라며 흥정을 건다. 양반은 이게 웬 떡이냐 싶어 얼른 승낙한다. 그리하여 부자는 양반의 빚진 환곡 1천 석을 갚아 준다.

양반이 관곡을 갚았다는 말을 듣자 이를 의아하게 생각한 군수가 양반을 찾아간다. 일의 자초지종을 들은 군수는 마을 사람들을 모아 놓고 양반 매매증서를 만든다. 처음에 양반이 취해야 할 말과 행동거지를 하나하나 열거하자 부자는 양반이 좋은 것인 줄 알았는데 행동의 구속만 받아서야 되겠느냐며 자기에게 좀 더 이롭게 해 달라고 한다. 이에 군수는 두 번째 양반 매매증서를 고쳐 쓴다. 양반의 횡포를 하나하나 나열하면서 관직에도 나갈 수 있고, 상인들을 착취할 수도 있다고 한다. 부자는 '그런 양반은 도둑이나 다를 바 없다'면서, 머리를 절레절레 흔들면서 달아나 버린다. 그리하여 그는 죽는 날까지 아예 '양반'이란 말을 다시는 입 밖에 내지 않았다고 한다.

양반전 핵심보기

이 작품은 연암집의 《방경각외전》에 실린 7편의 전(傳) 가운데 하나이다. 이 작품은 당시의 현실을 날카롭게 풍자하고 있는데, 특히 새로운 시대에 걸맞지 않은 인간상(무능하기 짝이 없는 양반, 부패한 관료, 무지한 천민 등)을 해학적이고 풍자적으로 고발하고 있다. 시대적 흐름을 반영하여 몰락하는 양반과 부상하는 평민을 등장시켜 삶의 발랄함을 부각시키려는 해학적인 이 작품은 무능한 양반과 부자가 된 평민 사이에서 이루어진 양반 매매 사건을 소재로 해서, 사회적 모순을 안고 있는 전형적인 양반의 모습을 그리고 있다. 또한 사이사이에 끼어 있는 교묘하고 익살스런 표현은 독자의 웃음을 유발하기에 충분하며, 그러한 표현이 높은 문학적 가치를 인정받기도 한다.

兩班傳

'양반'이란 말은 선비들에 대한 존칭이다.

강원도 정선 고을에 한 양반이 살고 있었는데 그는 매우 현명하며 글 읽기를 좋아하였다. 그에 대한 소문이 좋아 새로 부임하는 원님마다 그의 오막살이를 찾아가서 인사를 나누곤 하였다. 그러나 양반은 살림이 넉넉하지 못하여 해마다 관가에서 빌려 주는 환곡을 타다 먹었는데 한 번도 갚지 못하고 해를 거듭하니 어느덧 빚이 천 석에 이르렀다.

어느 날 관하의 군과 읍을 순행하던 관찰사가 환곡

의 출납을 조사해 보고 몹시 화
가 나 양반을 잡아들이라는 엄
명을 내렸다.

"무슨 놈의 양반이기에 이렇듯
많은 환곡을 거저 먹는단 말이
오? 당장에 명령을 내려 포교를
보내도록 하오!"

그러나 군수의 생각에는 '양반이 도저히 천 석이나
되는 쌀을 갚을 길이 없거늘 어찌 잡아 가둘 수 있
을까!' 하며 애통하게 여겼으나 그렇다고 상관의 명
령을 어길 수는 없었다.

이 소식을 전해 들은 양반은 밤낮으로 울고만 있었
다. 그로서는 아무런 계책도 서지 않았기 때문이
다. 아내가 그 꼴을 보니 욕설이 저절로 나왔다.

"당신은 이날 입때까지 글만 읽더니, 이제는 관가
에서 꾸어 먹은 곡식도 갚지 못하는구려! 양반, 양
반하고 고개만 끄덕이지만 참말 더럽소! 돈 한 푼
못 버는 그놈의 양반, 에잇 치사해!"

한편 건넛마을에 문벌이 없는 부자 하나가 살고 있

었다. 그 부자가 양반이 잡혀가게 되었다는 소문을 듣자 그의 아들을 불러들었다.

"양반들은 아무리 가난해도 언제나 남에게 존경을 받으며 영화롭게 지내는데, 우리는 재물이 많지만 언제나 천대를 받으며 말 한 번도 거들먹거리지 못할 뿐만 아니라 양반의 코빼기만 봐도 굽실거려야 하고, 댓돌 아래에서 엎드려 절하면서 코가 땅에 닿도록 무릎걸음으로 설설 기어야만 되는구나!"

아버지가 탄식을 하자 큰아들이 분하다는 듯이 말했다.

"우리는 재물을 쌓아 두고도 밤낮 이 꼴로 살아가야 되니 부끄럽고 창피해서 못 견디겠어요?"

아버지가 다시 입을 열었다.

"보아하니 지금 저 건넛마을 양반이 환곡을 갚지 못해 몹시 난처한 모양인데, 이대로 가다가는 양반

신세를 보전하지 못할 것 같다마는……."

아버지가 말을 하면서 자식들의 눈치를 살피는데, 작은아들이 한 가지 제의를 했다.

"그놈의 양반을 아예 사 버리죠 뭐! 우리가 대신 환곡을 갚아 주고 양반 문서를 사면 재물도 많겠다 큰소리 치고 살지 않겠어요?"

부자는 부랴부랴 양반의 집으로 달려가서 환곡을 갚아 줄 테니 '양반' 신분을 넘겨 달라고 흥정을 걸었다. 양반은 속수무책으로 잡혀갈 날만 기다리고 있던 참이라 '이게 웬 떡이냐?' 싶어 얼른 승낙하였다. 이리하여 부자는 양반의 빚진 환곡 1천 석을 당장 관가에 갖다 갚으니, 누구보다 놀란 것은 군수였다.

어쨌든 양반이 죄를 면하게 되었으니 그 일을 치하도 하고 환곡을 갚게 된 연유를 알아보고자 군수는 몸소 양반의 집을 찾아갔다. 그런데 이게 어찌 된 일인가? 양반은 벙거지에 잠방이 차림을 하고서 얼

른 뜰아래로 내려가 엎드리며

"소인, 소인은⋯⋯."

하면서 감히 군수를 바로 쳐다보지도 못하였다.

군수는 몹시 놀라 빨리 내려가서 양반의 손을 잡아 일으키려고 하였다.

"여보시오, 이게 웬일이시오? 어찌하여 이렇듯 몸을 굽히시오?"

양반은 더욱 송구함을 이기지 못하고 머리를 조아리며 엎드려 말하였다.

"영감! 소인은 오직 황공할 따름이옵니다. 어느 앞이라고 감히 스스로 욕된 꼴을 하겠나이까? 실은 제가 '양반'을 팔아서 환곡을 갚았나이다. 그러하오니 이제부터는 건넛마을 부자가 '양반'이 되었나이다. 이제 소인은 영감을 뵈올 수도 없는 상사람이올시다."

이 말을 들은 군수는 잠시 생각에 잠기더니 이윽고 입을 떼었다.

"그 부자가 진실로 군자로다! 그 부자야말로 양반이로다. 재물이 많아도 인색하게 굴지 않고 의가

있음이요, 남의 딱한 사정을 돌봐 주었으니 인자함
이요, 비천한 것을 미워하고 존귀한 것을 숭상하니
슬기로움이라! 그런 사람이야말로 참된 양반이로
다! 그러나 '양반'의 매매는 사사로이 거래한 것이
라 아무런 문서도 주고받지 않았으니 장차 분쟁이
일어날지도 모르니 고을 사람들을 모아 놓고 당신
네 두 사람과 함께 이 사실을 밝히며 '양반매매증
서'를 만들어 군수인 내가 증인으로서 서명 날인을
하겠소."

군수는 이렇게 다짐하고 돌아갔다.

관가로 돌아온 군수는 호방을 불러서 정선군 안에
사는 양반을 비롯하여 농민, 장사치에 이르기까지
모조리 불러들이도록 하였다.

이윽고 관가의 넓은 뜰에 많은 사람들이 모여들었다. 부자는 양반들이 모여 앉은 오른쪽에 앉히고, 양반은 섬돌 아래에 세웠다.

그러고는 '양반매매증서'를 만들었는데 그 내용은 이러했다.

건륭 십 년 구월 모일에 이 문서를 만든다. 환곡을 갚기 위해 '양반'을 팔았으니 그 값이 쌀 일천 석이다. 본래 양반에는 여러 가지가 있다. 글만 읽는 양반은 '선비'라 하고, 정사에 관여하는 양반은 '대부'라 하고, 덕이 높은 양반은 '군자'라고 한다. 무관은 계급에 따라 서반에 늘어서고, 문관은 서열에 따라 차례로 서는데 이를 통틀어 양반이라 일컫는다. 이제 '양반'을 산 자는 제 뜻에 따라 이 중에서 하나를 선택할 수 있다.

양반은 천한 말과 행동을 하지 말아야 하고, 선조들의 높은 행적을 본받아 이를 따라야 한다. 새벽에 일찍 일어나 등잔불을 밝히고 꿇어앉아, 눈은 코끝을 내려보면서 얼음 위에 조롱박을 굴리듯 동래박의(東萊博議)를 술술 외워야 한다. 배고픔을 참고 추위도 견뎌야 하며, 가난하다는 말을 해서는 안 된다. 할 일이 없어 앉아 있을 때는 아래 위의 이를 마주쳐 딱딱거리며, 뒤통수를 톡톡 치고 잔기침을 하며, 입을 다셔 침을 삼켜야 한다. 탕건이나 갓은 소매로 문질러 먼지를 떨어내고 윤이 나게 하며, 세수를 할 때는 주먹을 쥐고 씻지 말고, 양치질은 알맞게 해 냄새가 나지 않게 한다. 노비를 부를 때는 목청을 길게 돋우어 부르고, 걸음은 느릿느릿 걷고, 신은 가볍게 끌어야 한다. 〈고문진보〉와 〈당시품위〉를 작은 글씨로 베끼되 한 줄에 백 자씩 들어가게 써야 한다.

또한 손으로 돈을 만지지 않고 쌀값을 묻지 말아야 한다. 아무리 더워도 버선을 벗으면 안 되고, 밥을 먹을 때는 맨상투 바람으로 먹지 않는다. 밥을 먹을 때는 국을 먼저 먹지 말고, 국물을 먹을 때는 훌훌 소리를 내면서 마셔서는 안 되고, 젓가락을 절구질하듯 굴려서도 안 된다. 날파를 먹으면 안 되고 막걸리를 마실 때 수염을 빨지 말며, 담배를 피울 때도 볼이 파이도록 빨아서는 안 된다.

아무리 화가 나더라도 아내를 때려서는 안 되며, 물건을 발로 차서도 안 된다. 노비를 꾸짖을 때도 상스러운 욕설을 하면 안 되고, 말과 소를 나무랄 때도  침이 튀지 않게 한다. 소를 잡아먹지 않고 노름을 해서도 안 된다. 병이 나도 무당을 부르지 말며, 제사 때 중을 불러 제를 올려서도 안 되며, 추워도 화롯불을 쬐지 않는다.

이와 같은 여러 가지 행실이 만약 양반과 다를 경우에는 이 문서를 관가로 가지고 와서 마땅히 송사를 할 것이다.

이리하여 성주인 정선 군수가 문서 끝에 이름을 쓰고 좌수와 별감이 증인이 되어 나란히 이름을 써 넣었다. 이어서 통인이 도장을 여기저기 찍었다. 그 모습은 마치 밤하늘에 별이 널려 있는 것 같았다.

호장이 이 증서를 다 읽어 주자 부자는 탄식하면서 이렇게 말했다.

"허허! 양반이란 것이 단지 이것뿐이오? 나는 양반이 신선 같다고 들었으며 또 그렇게 알고 있었기에 천 석이나 되는 재산을 서슴지 않고 내놓은 것이니 나에게 좀 더 이롭게 고쳐 주십시오."

군수는 부자를 괘씸하게 여겼으나 환곡을 갚아 준 공적을 참작하여 '양반매매증서'를 고쳐 쓰기로 하였다.

하늘이 백성을 네 가지로 만들었으니 이들 가운데서 가장 으뜸은 선비라 일컫는 양반이며 막대한 이

로움을 지녔느니라. 몸소 농사를 짓거나 장사를 하지 않을뿐더러 대충 글을 익히면 크게는 문과에 급제하고 최소한 진사는 된다. 문과에 급제하면 홍패를 받는데, 그 크기는 불과 두 자밖에 안 되지만 이것만 있으면 무엇이든 갖출 수 있으니 그야말로 돈 자루나 다름이 없다. 진사는 사십에 첫 벼슬을 해도 이름이 나고 장차 더 큰 벼슬에 오를 수 있다.

그리하여 귀밑털은 일산 바람에 희어지고 배는 노비들의 긴 대답 소리에 먹지 않아도 불러진다. 방 안에는 화분을 들여서 기생으로 삼고 뜰에는 학을 길러 우짖게 해야 한다. 설령 선비가 군색하여 낙향을 하더라도, 여전히 마음대로 할 수 있으니 이웃의 소를 빌려 자기의 논밭을 먼저 갈게 하며, 동네 사람들에게 김을 매게 한다. 만약 양반을 업신여기며 말을 듣지 않을 때는 그놈의 코에다 잿물을 들이붓고, 상투를 잡아매어 수염을 뽑는다 해도 감히 원망조차 못할 것이다.

호장이 여기까지 읽어 내리자 부자는 갑자기 손을 내저으면서

"아이고, 맙소사!"
하고는 숨을 헐떡
이며 말하였다.
"그만두시오, 그만

두시오! 양반이란 게 참으로 맹랑한 것이구려! 나리들은 나를 도둑놈으로 만들려고 하는구려!"
그러고는 벌떡 일어나더니, 머리를 절레절레 흔들면서 달아나 버렸다. 그리하여 그는 죽는 날까지 아예 '양반'이란 말을 다시는 입 밖에 내지 않았다고 한다.

남산 밑 묵정동에 사는 허생이라 하오.

장사를 해 보고자 하니
돈 만 냥만 빌려 주시오.

변씨는 괴이한 선비를
유심히 보고만 있더니

딸 한마디 없이 돈 만 냥을 선뜻 내놓았다.

허
생
전

허생전 미리보기

허생은 남산 밑에 비바람조차 가리지 못할 만큼 초라한 초가집에서 살았다. 그는 글 읽기를 좋아하였으나 아내가 삯바느질을 해서 겨우 연명해 가는 형편이었다. 어느 날 굶주림을 참다못한 아내가 푸념을 하자 허생은 책을 덮고 탄식하며 집을 나선다.

허생은 장안에서 제일의 부자라는 변씨를 찾아가 1만 냥을 빌려 지방으로 내려간다. 그는 이 돈을 밑천으로 장사를 해 큰돈을 번 후 변산의 도적 떼를 이끌고 빈 섬으로 들어가 살기 좋은 낙원을 건설한다. 집으로 돌아온 허생은 변씨를 찾아가 10만 냥을 내놓는다. 변씨에게 허생의 이야기를 들은 어영대장 이완이 허생을 찾아간다. 이완이 허생에게 조정의 어진 인물을 찾는 중이라고 말하자 허생이 와룡 선생을 천거하고 종실과 권세 있는 집안의 계집들을 명나라 후손에게 시집보내고, 사대부의 자제들을 뽑아 유학을 보내 그들의 풍속과 실정을 파악하게 할 수 있냐고 묻자 이완은 어렵다고 말한다. 격노한 허생은 옆에 있던 칼로 이완을 찌르려 했으나 혼비백산 겁에 질려 달아난 이완은 이튿날 다시 허생의 집을 찾아갔으나 허생은 어디로 갔는지 없고 다 쓰러져 가는 그의 초가집만 쓸쓸하게 남아 있었다.

허생전 핵심보기

허생전은 《양반전》《호질》등과 함께 연암 박지원의 대표적인 한문
소설이다. 이 작품은 18세기 후반의 사회 현실을 17세기 후반으로
무대를 옮겨 당대 사회의 정치적·경제적·사회적 제도의 취약점과
모순, 집권층의 무능력과 허위 의식을 허생이라는 인물을 통해
비판하고 그 대응책을 제시한 작품이다.

許生傳

허생은 남산 밑 묵정동에 살았는데 두어 칸밖에 안되는 초가집은 거의 비바람조차 가리지 못할 만큼 초라했다.

허생은 날마다 방에 들어앉아 글만 읽으니 먹고살 게 없었다. 할 수 없이 아내가 삯바느질로 겨우 연명해 가는 형편이었다.

어느 날 굶주림을 참다 못한 아내가 눈물을 흘리면서 말했다.

"당신은 과거 한 번 못 보고 글만 읽고 있으니 앞으로 무엇을 하겠다는 거예요?"

허생은 빙그레 웃으면서 대답했다.

"내 글이 아직 미숙해서 그러오."

"그럼 일이라도 해서 돈 좀 벌어 보세요."

"배운 것이 글뿐인데 그런 일을 내가 어떻게 할 수 있소?"

"일을 못하면 장사라도 해야죠."

"밑천이 있어야 장사를 하지……."

아내가 버럭 성을 내며 말했다.

"아니 그럼 밤낮으로 글만 읽더니 무엇을 배웠어요. 일도 못한다 장사도 못한다. 그럼 어디 가서 비럭질이라도 해 오세요."

모욕을 느낀 허생은 보던 책을 덮고 일어나면서 탄식했다.

"어허, 애석하구나! 십 년 기약으로 글 읽기를 시작하여 앞으로 삼 년밖에 남지 않았는데……."

허생은 집에서 나왔으나 갈 만한 곳이 없어 이리 기웃 저리 기웃 서성이더니 지나가는 사람을 붙잡고 물었다.

"이 마을에서 가장 부자가 누구요?"

그 사람은 생각
할 것도 없이 대
뜸 대답했다.

"아 그야 변 부자지요."

변씨라는 장안의 갑부 하나를 확인한 그는 곧바로
변씨 집을 찾아갔다.

"남산 밑 묵정동에 사는 허생이라 하오. 내가 집이
가난해서 장사를 해 보고자 하니 돈 만 냥만 빌려
주시오."

변씨는 괴이한 선비를 유심히 보고만 있더니 말 한
마디 없이 돈 만 냥을 선뜻 내놓았다.

허생 역시 그 돈을 받아 가지고 묵묵히 나왔다. 이
광경을 지켜보고 있던 주위 사람들이 변씨에게 물
었다.

"이름조차 묻지 않고 만 냥이나 되는 거금을 선뜻
빌려 주시다니 도대체 무슨 생각으로 그러시는 겁
니까?"

"자네들이 모르는 소리일세. 남에게 아쉬운 소리를
하는 사람은 대개 그럴듯하게 말을 꾸며 대고 신의

가 있는 체하는 법인데 방금 그 사람은 그러한 기
색이 조금도 없단 말이야. 두고 보시오. 저 사람은
내가 빌려 준 돈보다 더 많은 돈을 가져 올 테니."

한편 허생은 기호
지방(경기도와 황
해도의 남부 및 충
청남도의 북부를 이르
는 말)의 접경이요, 삼남(충
청도, 전라도, 경상도를 통틀어 이르는 말)의 어귀인
안성으로 갔다. 그곳 시장에 자리를 잡고 대추, 밤,
감, 배 등속의 과일이란 과일은 모조리 사들였다.
안 팔겠다는 사람이 있으면 값을 곱절로 쳐 주고라
도 다 사들였다. 이렇게 되고 보니 안성의 과일은
물론 전국의 과일이 모두 허생의 창고로 들어갔다.
제사에 쓰일 과일을 독점한 허생은 본전의 몇 배가
되는 돈을 벌었다. 허생은 한숨을 쉬며 말했다.
"돈 만 냥으로 온갖 과일을 사들였으니 우리나라가
좁긴 좁구나."
다음에는 그 돈으로 칼, 괭이, 무명 따위의 이용품

을 같은 수법으로 사들여 제주도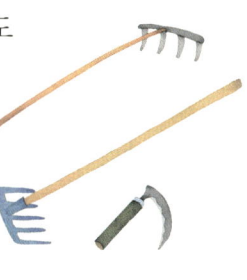
로 건너갔다. 제주에 귀한 일
용품을 팔아서 이득을 본
허생은 그곳의 특산인 말총
을 죄다 사 버렸다. 그러면서
혼자 중얼거렸다.

"몇 해 안 가서 이 나라의 사람들은 상투도 매지
못할걸!"

아니나 다르랴! 얼마 후 망건 값은 열 배로 뛰었고
망건 장수들은 돈을 한 짐씩 짊어지고 제주로 모여
들었다.

이렇게 해서 백만장자가 된 허생은 뱃사공 한 사람
을 붙들고 근처에 사람이 살 만한 빈 섬이 없느냐
고 물었다.

"여기서 동쪽으로 사흘만 가면 사문과 장기 사이에
섬이 하나 있는데, 온갖 꽃과 과일이 무성하고 사
슴과 물고기 떼가 한가로이 놀며 땅이 비옥하답니
다."

"나를 그곳으로 안내해 주시오. 그러면 당신이 평

생 쓰고도 남을 돈을 드리겠습니다."

뱃사공과 함께 섬에 도착하여 사방을 두루 답사하고 난 허생은 혼자서 중얼거렸다.

"천 리도 못 되는 섬이니 무엇을 하겠는가? 땅은 기름지고 물이 좋으니 부자로는 살겠군."

이때 마침 변산에 큰 도둑 떼가 일어 관가에서는 이들을 잡으려 애쓰고 도둑 떼들은 포졸이 무서워서 나오지 못하고 굶어 죽을 지경이었다.

이러한 이야기를 들은 허생은 혼자 도둑의 소굴을 찾아가 그들의 두목과 이야기를 나누었다.

"당신들에게 처자와 토지가 있는가?"

"허허……그런 것이 있다면 무엇 때문에 고생스럽게 도둑질을 하겠는가?"

"그렇다면 내가 당신들에게 돈을 나누어 주지. 내일 저 바닷가에 붉은 깃발을 단 배가 나타나거든 내가 싣고 온 돈배인 줄 알고 당신들 마음대로 가져가 보시오."

허생은 굳게 약속하고 나서 도둑의 소굴을 빠져나왔다.

도둑들은 허황한 허생을 비웃었으나 이튿날 약속대로 돈 삼십만 냥을 싣고 나타나자 그들은 모두 엎드러 절하면서 허생을 장군으로 모시겠다고 했다. 허생이 도둑들에게 명령했다.

"자, 당신들 마음대로 이 돈을 가져가시오."

그들은 저마다 앞을 다투어 돈을 한  짐씩 지고 나왔다. 그러나 아무리 힘센 놈이라도 백 냥 이상은 지지 못했다. 이 모습을 본 허생은 웃음이 절로 나왔다.

"돈 백 냥을 지고 끙끙거리는 주제에 무슨 도둑질을 하겠다는 거냐? 너희들은 평범한 백성이 되고 싶어도 이류이 도둑의 명부에 실려 있어 그러지도 못할 것이니 이 돈으로 각각 계집 하나와 소 한 마리씩만 데리고 오너라."

이렇게 말한 허생은 예의 기름진 섬으로 들어가 그들을 기다렸다. 약속한 날 그들은 제각기 여자와 소를 데리고 돌아왔다.

도둑의 섬은 살기 좋은 낙원으로 변했고, 땅이 기름지니 먹을 것이 풍족하였다.

이때 일본 장기에 흉년이 들었다는 소문을 들은 허생은 남아도는 양식을 싣고 가서 돌아올 때는 은 오백만 냥을 배에 싣고 왔다.

섬으로 돌아온 허생은 주체할 수 없는 은 오십만 냥을 바다 가운데 던져 버리면서 만족한 듯이 말했다.

"이제 내 일이 끝났다. 처음에 이 곳에 올 때는 부자가 된 다음 학문과 예절을 가르치려 했는데, 섬은 좁고 나의 덕도 모자라 이제 떠나련다. 이후부터 아이를 낳거든 오른손으로 수저를 들도록 하며 어른에게 사양하는 법을 가르쳐라. 그리고 다른 섬과는 절대로 왕래를 하지 마라. 또 너희 중에 글을 조금이라도 아는 자는 나와 함께 나가야 한다. 글이란 화의 근원이니라."

이와 같이 교훈을 내린 뒤 자기가 타고 나갈 배 한 척만 남겨두고 나머지 배는 모두 불살라 버렸다.

육지에 올라선 허생은 가난한 사람들을 찾아다니며 돈을 나누어 주었으나 한양에 돌아왔을 때는 아직도 십만 냥이 넘게 남아 있었다.

변씨 집을 찾아간 허생은 은 십만 냥을 내놓으면서 말했다.

"자 받으시오. 그때는 글을 읽다가 배가 고파서 체면 불구하고 찾아온 것이었으나 우리같이 학문을  하는 사람에게 돈이란 소용이 없나 봅니다. 돈 때문에 사람이 달라지는 법은 없으니까요."

변씨는 깜짝 놀라면서 말했다.

"이렇게 많은 돈을 받을 수는 없소. 빌려 간 돈을 갚겠다면 일 푼의 이자를 쳐서 받도록 하지요."

"당신은 나를 장사치로 보시오."

이렇게 말을 던진 허생은 십만 냥의 은을 남겨 둔 채 일어섰다.

변씨는 밖으로 나와 허생의 뒤를 밟았더니 남산 밑의 다 쓰러져 가는 초가집으로 들어가는 것이 아닌가. 이튿날 변씨는 허생의 집을 찾아가서 돈을 내놓았다. 하지만 허생은 사양하면서 말했다.

"내가 만일 부자가 되고 싶었다면 백만 냥을 버리고 십만 냥을 얻겠소? 돈은 그대로 가져가시고 그 대신 우리 내외가 먹고 지내는 데 필요한 생활비만 그때그때 보내 주시오. 이 이상 나에게 재물로 인한 괴로움을 주지 마시오."

이렇게 해서 변씨는 허생의 생계를 돕는 정도에서 그치기로 했다.

몇 해를 지내는 동안 두 사람은 아주 가까워졌다. 변씨는 만 냥으로 어떻게 백만 냥이나 되는 큰돈을 벌었는지 그동안 정말 궁금했다. 어느 날 두 사람은 술이 거나하게 취하자 변씨가 입을 떼었다.

"선생은 어떻게 해서 오 년 동안에 백만 냥이나 벌으셨소?"

"그거야 아주 쉬운 일이죠. 조선은 외국의 배나 차가 통하지 않기 때문에 모든 물건이 그 속에서 생산되고 그 속에서 소비된답니다. 천 냥으로 모든 물건을 다 살 수는 없으나 백 냥으로 그중의 한 가지 물건을 독점할 수 있지 않겠소? 물건만 독점하면 그 값은 물주가 부르는 게 값이지요. 그러나 이러한 방법으로 돈을 버는 것은 나라를 망치는 길이니 조심해야 합니다."

변씨는 상대방이 비범한 천재라고 감탄하면서 이렇게 물었다.

"지금 나라의 실정을 보면 슬기로운 지사가 저마다 재주를 자랑할 법도 하건만 선생은 어찌하여 숨어 살려 합니까?"

"숨어 살던 사람들은 많았소. 나는 장사를 해서 번 돈도 바다 속에 던져 버렸는데 또 무슨 욕망이 있겠소. 그런 말씀

은 그만하고 술이나 마십시다."

이런 일이 있은 이후, 변씨는 허생의 이야기를 어영대장 이완에게 했다.

이 말을 들은 이완은 아주 반가워하며 청했다.

"나를 그 선생에게 안내해 주오."

이완은 유비의 삼고초려를 본받기 위해 변씨와 단둘이서 걸어가기로 했다. 허생을 찾아간 이완이 지금 조정에서는 어진 인물을 찾고 있는 중이라고 열변을 토하자 허생은 그의 말을 막으며 이렇게 말했다.

"와룡 선생을 소개할 터이니 임금으로 하여금 삼고초려를 하시도록 대장인 당신이 주선하실 수 있으시겠소?"

"매우 어려운 말씀이신데요. 다른 더 좋은 일을 가르쳐 주십시오."

"청나라 장사들이 조선에 대한 옛 은혜를 빙자하고 이 나라에 굴러 와서 계집을 요구하고 있는데 당신은 조정에 특청을 해서 종실과 권세 있는 집안의 계집들을 이들에게 출가시킬 수 있겠소?"

허생전 65

어영대장은 고개를 숙이고 생각에 잠기더니 어려운 일이라고 대답했다.

"여전히 어렵다고만 하시는데 그러면 무엇이 가능하겠소. 이번에는 아주 쉬운 일을 가르쳐 드릴 테니 당신은 해낼 수 있겠소?"

"어서 말씀해 보십시오."

"사대부의 자제들을 뽑아 청나라에 유학을 보내시오. 그리하여 이들로 하여금 그들의 풍속과 실정을 깊이 파악하도록 한다면 장차 지난날의 국치를 씻을 날이 올 것이오."

"존엄한 사대부들이 자기의 귀여운 자제들을 오랑캐 나라로 보내려고 하겠습니까?"

어영대장의 대답이 이처럼 점잖게 떨어지자 허생은 분노가 왈칵 치밀었다.

"이른바 사대부란 무엇이냐? 어느 뼈인지도 모르게 태어나서 사대부라고 뽐내는 놈들이 아니 그래 상투 틀고 거추장스런 도포를 입고 전쟁터에 나가는

것이 옛 법이란 말인가? 그놈들의 옛 법
은 무엇이나 못한다는 것뿐이군.
그래, 세 가지 중 한 가지도
못하겠다면서 충신이라고
자부하는 네 놈의 목부터
잘라야겠다."
격노한 허생이 옆에 있는
칼을 집어 들었다. 혼비백산 겁에 질려 그 집을 뛰
쳐나온 이완은 이튿날 다시 삼고초려를 했으나 허
생은 어디로 갔는지 없고 다 쓰러져 가는 그의 초
가집만 쓸쓸하게 남아 있었다.

누군가가 돈을 빌리면서

광문이 보증을 서 준다면

그 사람에게 전당 잡을
물건이 있는지 묻지도 않고

광문의 신용으로써 천 냥도 대번에 승낙하였다.

광문자전

광문자전 미리보기

광문은 종로 거리를 다니며 구걸하는 거지였다. 거지들은 그를 두목으로 추대하여 소굴을 지키게 하였다. 어느 추운 겨울밤 거지 아이가 병을 앓다가 죽자, 이를 광문이 죽인 것으로 의심하여 쫓아낸다. 그는 추위를 피하려 마을에 들어갔다 주인에게 발각되어 도둑으로 몰렸는데 그의 말이 너무나 순박하여 풀려난다. 광문은 거지 일당이 버린 아이의 시체를 거적으로 잘 싸서 서대문 밖에다 장사를 지낸다. 주인이 그를 미행하다가 광문에게 그 동안의 내력을 듣고 그를 의로운 사람으로 여겨 약방에 추천한다. 그러다 약방의 돈이 없어져 광문이 또 다시 의심받게 되나, 며칠 뒤 약방 주인의 처조카가 빌려간 사실이 드러나 광문의 무고함이 밝혀진다. 주인은 의심을 받고도 변명함이 없는 광문을 가상히 여겨 크게 사과를 하고 아는 사람이나 벼슬아치들에게 광문의 사람됨을 널리 퍼뜨려 장안 사람들 모두가 광문과 그 주인을 칭송하게 되었다.

광문자전 핵심보기

광문자전은 조선 후기 연암 박지원의 한문 풍자소설이다.

작자는 서문에서 "광문은 거지로서 그 명성이 실상보다 훨씬 더 컸다고 한다. 실제는 더럽고 추하여 보잘것없었지만, 그의 성품과 행적은 대단하였다. 그는 원래 세상의 명성을 좋아하지 않았다. 하물며 도둑질로 명성을 훔치고, 돈으로 산 가짜 명성을 가지고 다툴 일인가." 하며 당시 양반을 사고파는 어지러운 세태를 꾸짖었다.

비천한 거지인 광문의 순진성과 거짓 없는 순수한 인격을 그려 양반이나 서민이나 인간은 똑같다는 것을 강조하며, 권모술수가 판을 치던 당시의 양반사회를 풍자한 작품이다. 광문은 귀한 혈통을 갖고 태어나거나 비범한 능력을 소유하지도 않은 인물이나 성실하고 정직한 인간의 가치를 통찰하게 해주며, 남의 어려움도 자신의 일처럼 도와주는 인간적인 사람이 필요하다는 생각이 드러나 있다.

廣文者傳

광문(廣文)이라는 자는 밥을 빌어먹고 사는 거지였다. 그는 예전부터 종루(鐘樓, 서울 종로) 거리를 돌아다니며 구걸하였다. 그런데 길거리의 거지 아이들이 광문을 두목으로 추대하고 거지들의 소굴을 지키게 하였다.

춥고 진눈깨비가 흩날리는 겨울 어느 날, 거지 아이들이 모두 구걸하러 나갔으나 한 아이만 병에 걸려 따라가지 못하였다. 그 아이는 추위와 고통에 신음 소리마저 약해지고 처량하였다. 광문은 그 아이가 너무 불쌍하여 직접 구걸하러 나가서는 밥을 조금 얻어 왔다. 돌아와서 아이에게 먹이려고 보니 병이 든 그 아이는 벌써 죽어 있었다. 밥을 빌러 나갔던 거지 아이들이 소굴에 들어와 보고는 같이 있던 광문이가 죽인 것으로 의심하여 광문을 두들 겨 패서 밖으로 내쫓아 버렸다.

광문은 몹시 추운 날 밤중에 소굴을 쫓겨나 허둥지 둥 마을의 어느 집 처마 밑으로 기어 들어갔다. 그 러다 그 집을 지키는 개가 광문에게 덤비며 마구 짖어 대어 집주인 영감에게 도둑인 양 붙잡히고 말 았다. 주인 영감이 광문을 잡아 묶자 광문이 애절 하게 말하였다.

"나는 누명을 피해서 온 놈이요, 도둑질하려고 온 것이 아닙니 다! 영감님이 내 말을 믿지 못 한다면 내일 아침나절에 종루 거리의 거지 아이들에게 알아보시 오."

그의 말씨가 순박하고 믿을 만하였기 때문에 주인 영감은 광문이 도적이 아님을 짐작하고 새벽에 그 를 풀어 주었다. 광문은 고맙다고 인사를 하더니 낡은 거적때기를 하나 얻어 돌아갔다. 주인 영감은 끝내 괴이하게 여겨 그의 뒤를 몰래 따라가 보았다.

동이 트기 전에 거지 아이들이 시체 하나를 끌고 와 수표교에 이르더니 그 다리 아래에 시체를 던져 버리는 것이었다. 광문이 그곳에 숨어 있다가 그 시체를 거적때기에 싸서는 등에 짊어지고 갔다. 사람들의 눈을 피해 서대문 밖 공동묘지에 묻고는 슬피 울면서 무슨 말인지 중얼거리기도 하였다.

뒤따라간 주인 영감이 광문을 붙들고 영문을 캐물으니 광문이 그제야 앞서 있었던 일과 지금의 일들을 다 말해 주었다. 주인 영감은 광문을 의로운 사람으로 여겨 그를 데리고 집으로 돌아와 깨끗한 옷을 주고 후하게 대접하였다. 그리고 광문을 약방 부자에게 추천하여 고용살이를 살게 해주었다.

약방에서 일한 지 얼마 안 되는 어느 날이었다. 약방 부자가 대문을 나서다가 자꾸만 되돌아왔다. 방에 들어가 자물쇠를 다시 한 번 살펴보고야 대문을 나서기를 여러 번이었다. 그러면서 그의 얼굴빛은

자못 불쾌한 듯하고 무언가 꺼림칙한 눈치였으며, 광문을 노려보며 무엇인가 말하려다 그만둔 적이 많았다. 바깥일을 급히 보고 와서는 방 안부터 살펴보고 안심하기도 하면서 광문에게는 아무런 말이 없었다.

광문은 무슨 영문인지 몰라 날마다 좌불안석하며 묵묵히 일할 뿐, 부자의 눈치가 이상하다고 하여 감히 떠나지도 못하고 있었다.

그런데 며칠 후에 부자의 처조카가 되는 사람이 돈을 가지고 와서 부자에게 돌려주며 말하였다.

"지난번에 아저씨께 돈을 빌리러 왔더니 마침 아저씨가 계시지 않았어요. 오래 기다릴 수가 없어 방에 들어가 돈을 가지고 갔었지요. 아마 아저씨께서는 모르고 계셨지요?"

이 말을 들은 부자는 광문에게 매우 부끄러워하면서 진심으로 사과하였다.

"내가 옹졸한 사람이네. 이 일로 점잖은 사람의 마음을 상하게 해서 자네를 볼 낯이 없네."

하고는 자기의 친구나 다른 부자에게나 큰 장사치들에게까지 '광문은 의롭고 행실이 바른 사람'이라고 널리 칭찬하였다.

그뿐만 아니라 여러 종실(宗室)을 드나드는 손님들

과 벼슬아치의 문하에 다니는 이들에게 이르기까지 광문을 칭찬하였다. 그러자 정승과 판서의 문하에 다니는 이들과 종실의 손님들이 모두 광문을 이야 깃거리로 삼고 자기네의 스승이나 종실에게도 그 이야기를 들려주게 되었다. 그리하여 몇 달 사이에 사대부들까지 광문을 옛날의 훌륭한 사람들 이름처럼 알게 되었다. 그와 더불어 한양 사람들은 광문을 후대하여 추천해 준 주인 영감이야말로 참으로 어질고도 사람을 잘 알아보는 분이라고 칭찬하였고, 또한 약방 부자야말로 역시 점잖은 사람이라고 칭찬하였다.

당시에 돈놀이꾼들은 대체로 머리장식품이나 구슬 비취옥 따위 또는 옷이나 그릇, 집이나 토지와 노비문서 등을 담보로 전당 잡고 돈을 빌려주었다. 그러나 누군가가 돈을 빌리면서 광문이 보증을 서 준다면 그 사람에게 전당 잡을 물건이 있는지 묻지도 않고 광문의 신용으로써 천 냥도 대번에 승낙하였다.

광문의 생김새를 살펴보면 그의 얼굴은 아주 못났
는데 입이 넓어서 두 주먹이 한꺼번에 드나들 정도
였다. 말솜씨도 어눌하여 사람을 감동시키지도 못
하고 장난도 짓궂었다. 당시에 아이들이 서로 다투
다가 헐뜯는 말로,

"너희 형이 달문(達文)이지?"

라는 말이 유행하였다. '달문' 이란 못생긴 얼굴을
가진 광문의 별명이었다.

광문이 길을 가다가 싸우는 사
람들을 만나게 되면 자기도 역
시 웃통을 벗어젖히고 같이 싸
웠다. 그러다가 뭐라고 중얼거리
며 막대기로 땅바닥에 금을 그어 그
들의 옳고 그름을 따지는 시늉을 하였다. 그러면
싸움 구경을 하던 사람들이 이것을 보고 웃고, 싸
우던 이들도 같이 웃다가 모두 제 갈 길로 흩어져
가는 것이었다.

광문은 나이가 마흔이 넘도록 그대로 총각 머리를
땋았다. 사람들이 장가를 들라고 권하면 그는 이렇

게 대답하였다.

"사람들은 대체로 아름다운 얼굴을 좋아하는 법이
오. 그런데 사내만 그런 게 아니라 여인네들도 역
시 그렇거든. 그러니 나처럼 못생긴 놈이 어떻게
장가를 들겠소?"

남들이 집을 마련하라고 권하면 이렇게 사양하였다.

"나는 부모형제도 없고 딸린 처자식도 없으니 집을
마련하여 무엇 하겠소? 게다가 아침에 일어나 장타
령을 하며 거리를 돌아다니다가 날이 저물면 부잣
집 문턱 아래서 잠을 잔다오. 한양에 집이 팔만 채
나 되니 날마다 잠자는 집을 옮겨 다녀도 내가 죽
을 때까지 다 돌아다닐 수 없을 정
도라오."

한양의 이름난 기생으로서 어여
쁘고 노래와 춤을 아무리 잘해
도 광문의 입에 오르지 않으면
한 푼 어치의 값도 나가지 못하였
다. 지난번에는 우림아(羽林兒, 궁궐을 호위하는 병

사)와 각전(各殿) 별감 또는 부마도위의 일하는 사람들이 소매를 나란히 하여 이름난 기생인 운심을 찾았다. 당(堂) 위에 술자리를 벌이고 장고, 거문고에 맞추어 추는 운심의 춤을 즐기려고 하였다. 그러나 운심은 춤을 출 생각이 전혀 없었다.

마침 광문이 이들이 어울려 노는 기생 운심의 집을 찾아가 그들의 윗자리에 서슴지 않고 앉았다. 광문은 비록 다 떨어진 옷을 입었지만 행동은 거리낌이 없고 당당하였다. 눈가가 짓물러서 눈곱이 끼어 있고 술에 취한 듯 트림을 해대며, 머리칼은 헝클어져 산발이 되어 있었다. 자리에 있던 손님들이 깜짝 놀라 서로 눈짓을 하여 힘을 합쳐 광문을 쫓아 버리려고 하였다. 그러나 광문은 더욱 앞으로 다가앉아 무릎을 쳐 박자를 맞추며 가락을 뽑고 콧노래로 장단을 맞추었다.

운심이 그제야 일어나 옷을 갈아입고 광문을 위하여 칼춤을 추기 시작하였다. 자리에 있던 사람들이 모두 기뻐하며 즐겁게 놀았다. 그들은 운심의 춤을 보게 해준 거지 광문과 벗을 삼고 헤어졌다.

민 영감이라는 기이한 사람이 있답니다.

가곡도 잘 부르고 이야기를 아주 잘한다지요.

그 영감의 재미나는 이야기는
신나고도 기묘하고,

듣는 사람치고 마음이 상쾌하게
열리지 않는 이가 없답니다.

민옹전 미리보기

남양에 사는 실존 인물 민유신은 이인좌의 난에 종군한 공으로 첨사를 제수 받았으나, 집으로 돌아온 후로는 벼슬하지 않았다. 어릴 때부터 매우 영특하였으며 옛사람들의 기절(奇節)과 위적(偉蹟)을 사모하여 일곱 살부터 해마다 위인들의 나이에 이룬 업적을 벽에다 쓰고 분발하였으나 나이 먹도록 아무 일도 이루지 못한다.

작자가 병으로 인하여 손님을 청해 해학과 고담을 들으며 마음을 위안하고자 하는데, 민 영감을 천거하는 이가 있어 그를 초대하였다. 민 영감은 기발한 해학과 풍자 등으로 작자의 가슴을 후련하게 해 주고 지혜로운 방법으로 환자의 입맛을 돋우어주고 잠을 잘 수 있게 해주었다. 사람들이 민 영감을 궁지에 몰아넣으려고 어려운 질문을 퍼부었으나 끄떡도 않고 막힘없이 대답하였다. 해서 지방에서 황충잡기를 독려한다는 말을 듣고 민 영감은 곡식을 축내기로는 종로 네거리를 메운 칠 척 장신 사람이 황충보다 더하다고 하여 사람들을 어리둥절하게 하였다. 작자는 민 영감의 이름을 한자로 풀이하여 놀렸으나 민 영감은 성인의 말을 인용하여 놀리는 말을 칭찬하는 말로 바꾸어버렸다. 민 영감은 안 읽은 책이 없고 지혜도 많았다고 한다.

민웅전 핵심보기

1757년(영조33) 박지원이 지은 한문 전기(傳記)소설이다. 실존 인물인 민유신이 죽은 뒤에, 그가 남긴 일화와 민유신을 만나 겪었던 일들을 엮고 뇌(誄, 죽은 사람의 생전의 공덕을 기리는 글)를 붙여 쓴 전기소설이다.

《민웅전》은 유능한 재주와 포부를 가지고 있었으면서도 펼칠 수 없었던 조선 말기의 무반계통을 풍자적으로, 불우한 무관 민 영감을 그린 것이다. 이 작품은 작자의 실학적 인도주의의 바탕을 엿보게 한다.

閔翁傳

민 영감은 남양 사람이다. 무신년(영조4년, 1728)에 일어난 민란에 관군을 따라 토벌에 출정한 공으로 첨사 벼슬을 얻었다. 그러나 집으로 돌아온 뒤에 다시는 벼슬하지 않았다.

민 영감은 어릴 때부터 매우 영리하고 총명하며 말주변이 좋았다. 특히 책을 많이 읽어 옛사람의 뛰어난 절개나 거룩한 발자취를 흠모하여 이따금 의기에 북받치면 흥분하기도 하였으며 그들의 전기를 읽고 한숨 쉬며 눈물 흘리지 않은 적이 없었다.

그는 일곱 살이 되자,

"향탁은 이 나이에 공자의 스승이 되었다."

고 벽에다 크게 썼다. 열두 살 때에는,

"감라는 이 나이에 진나라 사신이 되었다."

고 썼으며, 열세 살 때에는,

"외항에 사는 아이는 이 나이에 유

세(遊說)하여 백성을 살렸다."

고 썼다. 열여덟 살 때에는,

"곽거병은 이 나이에 기련에 출

정하였다."

고 썼으며, 스물네 살 때에는,

"항우는 이 나이에 오강을 건너 왕을 구했다."

고 썼다. 그러다가 마흔이 되었지만 아직까지 아무

런 이름도 얻지 못하였다. 그러자 그는,

"맹자는 이 나이에 마음이 움직이지 않았다."

고 크게 썼다. 그 뒤에도 해가 바뀔 때마다 이런

글들을 쓰기에 지치시 않았다. 그의 집 벽은 글자

들로 까맣게 되었다.

일흔 살이 되자 그의 아내가,

"영감, 올해에는 까마귀를 그리지 않으시오?"

하고 놀렸다. 그러자 민 영감이 기뻐하면서,

"그렇지. 당신은 빨리 먹이나 갈아주구려."

하고 말하더니 곧,

"범증은 이 나이에 기이한 꾀를 좋아하였다."

고 커다랗게 썼다. 그의 아내가 화를 발칵 내며,

"꾀가 아무리 기이하더라도 그 꾀는 장차 언제나 쓰시려오?"

하고 따졌다. 민 영감이 웃으면서 말했다.

"강태공은 여든 살에 장수가 되어 새매처럼 용맹을 떨쳤는데 그에게 비한다면 나는 오히려 어린 아우 뻘 밖에 안 된다오."

지난 계유(1753), 갑술년(1754)사이, 내 나이 열 일고여덟 살 때 병으로 오랫동안 시달리면서 가곡이나 글씨와 그림, 옛날 칼이나 골동품, 거문고 등 여러 잡물들에 관심을 가졌었다. 또한 오고가는 손님들에게 익살스럽거나 재미있는 옛날이야기를 들으며 마음을 달래어 기운을 차리려 하였지만, 마음속에 깊숙이 스며든 답답함을 어쩔 수가 없었다.

그때 어떤 사람이 이렇게 말하였다.

"민 영감이라는 기이한 사람이 있답니다. 가곡도 잘 부르고 이야기를 아주 잘한다지요. 그 영감의 재미나는 이야기는 신나고도 기묘하고, 능청스럽고도 걸쭉하여 듣는 사람치고 마음이 상쾌하게 열리지 않는 이가 없답니다."

나는 그 말을 듣고 몹시 기뻐하며 그에게 함께 놀러오라고 부탁했다.

민 영감이 나를 찾아 왔을 때 마침 벗들과 더불어 음악을 즐기고 있었다. 민 영감은 안으로 들어와 서로 인사도 나누기 전에, 퉁소 부는 자를 한참 들여다보더니 그의 뺨을 치며 크게 꾸짖었다.

"주인은 즐겁게 놀자고 너를 불렀는데 너는 어째서 성난 꼴로 있느냐?"

나는 깜짝 놀라서 그에게 까닭을 물었다.

민 영감이 대답하기를,

"저 놈의 눈알이 잔뜩 튀어나오도록 사나운 기운을 품었다오. 저게 골낸 게 아니고 무엇이겠소?"

내가 크게 웃었더니 민 영감이 또 말하였다.

"퉁소 부는 놈만 성내고 있는 것이 아니구려. 피리 부는 놈은 얼굴을 돌리고 슬피 우는 것 같고, 장구를 치는 놈은 이마를 찌푸린 채 시름에 잠긴 듯하오. 손님들은 모두 입을 다물고 무서운 일이라도 난 듯한 표정으로 앉아 있고 아이와 종놈들은 웃지도 못하니, 이렇게 하고서야 어찌 음악이 즐거울 수 있겠소?"

나는 당장 그들을 돌려보내고 민 영감을 맞아들여 앉혔다. 그는 작은 몸집에 흰 눈썹이 눈을 덮을 정도로 길었다.

"내 이름은 민유신이고 나이는 일흔세 살이라오."

하고 자신을 소개하고는 나에게 물었다.

"그대는 무슨 병이 들은 거요? 머리가 아프오?"

"아니오."

라고 내가 대답했더니 그는 또,

"배가 아픈 거요?"

하고 물었다. 내가 또,

"아니오."

대답했더니 그가 말했다.

"그렇다면 그대는 병이 든 게 아니라오."

하면서 그가 방문을 열고 들창을 걷어 괴었다. 내가 있는 방으로 바깥바람이 솔솔 들어오자 가슴이 차츰 시원해지고 후련하여 금방 기분이 상쾌해졌다. 그래서 민 영감에게 조심스럽게 말하였다.

"나는 입맛이 없어 음식 먹기를 싫어하고 밤에는 잠을 잘 이루지 못한다오. 이게 바로 병이 아니겠소?"

하자 민 영감이 일어나 인사를 하며 나에게 축하를 하는 것이었다. 내가 어안이 벙벙하여,

"영감님, 무엇을 축하한다는 말씀이오?"

하고 물었다. 그가 대답하였다.

"그대는 집이 가난한데 다행히 음식 먹기를 싫어한다니 살림살이가 나아지지 않겠소? 게다가 잠까지 없다면 밤을 낮 삼아 사는 것이니 남보다 갑절이나 사는 게 아니겠소? 재산이 늘어나고 나이를 두 배

로 산다면 그야말로 수(壽)와 부(富)를 함께 누리니 축하할 일이오."

얼결에 축하는 받았으나 무언가 께름칙하였다.

잠시 후에 밥상이 들어왔는데, 나는 여느 때처럼 얼굴을 찌푸리고 숟가락 들기를 주저하였다. 이것저것 골라서 냄새만 맡고 있자 민 영감이 크게 성내며 자리를 박차고 일어나 가려고 하였다.

나는 깜짝 놀라 그에게 물었다.

"영감님, 왜 노해서 가시려 하십니까?"

민 영감이 대답하였다.

"그대는 손님을 불러 놓고 손님에게 먼저 음식을 권해야지, 어째서 혼자 먹으려고 하오? 이건 나를 대접하는 도리가 아니오!"

나는 사과하면서 민 영감을 붙들어 앉히고 한편으로는 빨리 밥상을 올리게 하였다. 민 영감은 밥상을 앞에 받고 팔소매를 걷어붙인 다음 숟가락에 음식을 가득 올려 아주 맛나게 먹기 시작했다. 그걸 본 나는 저절로 입안에 군침이 돌고 코밑이 트이면서 가슴이 시원해져 예전처럼 밥이 먹혔다.

밤이 되자 민 영감은 눈을 내리감고 단
정하게 앉아있기만 하였다. 내가 그에
게 무슨 이야기를 걸어도 입을 다물고
있어 슬슬 무료해지기 시작하였다. 한
참이나 지난 뒤에 갑자기 민 영감이 일
어나 촛불을 돋우며 의견을 내었다.

"내가 젊었을 때에는 눈에 스치는 글마다 곧바로
외울 수 있었지만 이젠 나도 많이 늙었다오. 그래
도 그대와 내기 한번 해보겠소. 평소에 잘 안 보던
책을 골라 두세 번 눈으로 훑어본 뒤에 외우는 것
이오. 만약 한 글자라도 틀리면 벌을 받기로 하는
게 어떻겠소?"

나는 그가 늙었음을 기화로 하여,

"그러지요."

순순히 대답하고는 곧 서가에서 〈주례〉를 뽑았다.
그 책에서 민 영감은 '고공편'을 골랐고 나에게는
'춘관편'이 돌아왔다.

잠시의 시간이 흐른 뒤에 민 영감이,

"나는 벌써 다 외웠다오."

하면서 나를 일깨웠다. 나는 아직 한 차례도 훑어
보지 못하였으므로 조금만 더 기다려 달라고 청하
였다. 하지만 영감은 자꾸 재촉하여 나를 곤경에
빠뜨렸으며 그럴수록 외울 수가 없었다. 외우려고
애를 쓰다 그만 잠들어 버렸다.

다음날 동쪽 하늘이 밝아 온 뒤에야 일어나서는 민
영감에게 물었다.

"어제 외운 글을 기억하시오?"

민 영감이 웃으면서 대답하였다.

"나는 처음부터 외우지 않았다오. 잠은 잘 잤소?"

어느 날은 밤늦도록 손님들과 민 영감이 얘기를 나
누고 있었다. 민 영감은 같이 앉은 손님들을 조롱
하기도 하고 꾸짖기도 했는데 민 영감을 막아내는
자가 아무도 없었다.

손님들 중에 한 사람이 민 영감을 궁색하게 하려고
물었다.

"영감님은 귀신을 본 적이 있소?"

"보았지."

"귀신이 어디에 있소?"

그러자 민 영감이 눈을 부릅뜨고 사람들을 뚫어지게 바라보다가 등잔 뒤 어두운 곳에 앉아 있는 한 사람에게 소리쳤다.

"귀신이 저기 있다!"

그 사람이 불쾌해하면서 민 영감에게 따지자 그에게 대답하였다.

"밝은 세상에 있으면 사람이고 어두운 곳에 있으면 바로 귀신이라오. 지금 그대는 어두운 곳에서 얼굴을 숨긴 채 밝은 곳을 살피고 다른 사람들을 엿보니, 그대야말로 어찌 귀신이 아니겠소?"

자리에 있던 사람들이 맞장구를 치며 웃었다. 다른 손님이 물었다.

"영감님은 신선도 보았소?"

"보았지."

"신선은 어디에 있소?"

"가난한 사람이 바로 신선이오. 부자들은 세상에 애착이 많은데 가난한 사람은 언제나 세상을 한탄하거든. 세상을 멀리하려는 게 신선이 아니고 무엇이겠소?"

모두들 고개를 끄덕이었다. 또 다른 손님이 물었다.

"영감님은 나이가 아주 많은 사람도 보았겠소?"

"보았지. 오늘 아침에 숲에 갔더니 두꺼비와 토끼가 서로 자기 나이가 많다고 다투더군. 토끼가 두꺼비더러,

'내가 팽조와 동갑이니까 네가 나보다 후생이다.'

라고 하니까 두꺼비가 머리를 푹 숙이고 훌쩍훌쩍 웁디다. 토끼가 깜짝 놀라 왜 그렇게 슬퍼하냐고 물었더니 두꺼비가 이렇게 대답했다오.

'나는 동방에 사는 어린아이와 나이가 같은데, 그 아이는 다섯 살 때에 벌써 역사책 〈십팔사략〉과 〈춘추〉를 읽었단다. 그는 아득한 옛날 천황씨 때에 태어나 햇수가 시작되는 인년 역사로부터 수많은 왕과 제(帝)를 거쳤으며, 주나라에 이르러 왕통이 끊어짐으로써 역서 한권이 이루어졌지. 정통이

아닌 진나라는 윤달과 같고 한나라와 당나라를 거쳐 아침엔 송나라가 되었다가 저녁엔 명나라가 되었지.

그동안 수많은 일들을 겪으면서 기쁜 일, 놀라운 일도 있고 죽은 이를 조문하기도 하고 장례를 치르기도 하면서 지루한 세월을 보내다가 오늘에 이르렀는데 오히려 귀와 눈이 밝아지고 있으니 저 아이처럼 오래 살았던 사람은 없을 거야.

그런데 팽조는 팔백 살을 겨우 살다가 일찍 사라져 세상을 겪은 일도 오래되지 않고 경험한 일도 많지 않음을 슬퍼하는 거지.'

결국은 토끼가 절을 하면서, '네가 나의 할아버지뻘이다!'

합디다. 이렇게 본다면 글을 많이 읽은 사람이 가장 오래 산 사람이라오."

"그럼 영감님은 세상에서 가장 훌륭한 맛도 보았겠구려?"

"보았지. 바닷물의 썰물이 물러나면 염전을 만들거든. 그중 소금 알갱이가 굵은 것으로는 수정염(水晶鹽)을 만들고, 고운 것으로는 소금을 만들지. 음식의 온갖 맛을 조화시키는 소금 없이 어찌 세상에서 제일 맛있는 맛을 내겠소?"

대답에 막힘이 없자 이번에는, 하며 모두가 물었다.

"다 좋소. 그러나 불사약만큼은 영감님도 결코 못 보셨을 겁니다."

민 영감은 환히 웃으면서 말하였다.

"그거야말로 아침저녁으로 늘 먹는 것을 어떻게 모를 수가 있겠소? 산골짜기의 굽은 소나무에 맺힌 달콤한 이슬이 땅속으로 스며들어 천년이 되면 신비한 영약 복령이 되지. 또 어린아이의 쌍갈래로 땋은 머리처럼 생기고 붉은 빛의 단정하게 사지가 갖추어진 모양의 인삼 중에서는 경주에서 나는 것이 최상품이고, 땅속에 뿌리를 두고 천년을 살면 사람을 보고 짖는다는 구기자도 명약이지. 언젠가 내가 이 세 가지 명약을 먹고는 백 일가량 음식을 먹지 않았더니 숨이 가빠지면서 곧 죽을 지경에 이르렀다오. 이웃집 할미가 와서 살펴보고는 이렇게 한탄합디다.

'자네의 병은 굶었기 때문에 생겼다네. 옛날에 신농씨(神農氏, 농업의 신)는 온갖 풀을 다 맛보고 나서야 오곡(五穀)을 심었으니, 병을 다스리려면 약을 쓰고 굶주림을 고치려면 밥을 먹어야 한다네. 이 병은 오곡이 아니면 고치기 어렵겠네.'

나는 그제야 밥을 지어 먹고는 다행히 죽기를 면했다오. 그러니 세상의 불사약으로 밥보다 나은 게 없는 셈이지. 그래서 나는 아침에 밥 한 그릇, 저녁에 또 밥 한 그릇으로 이렇게 벌써 일흔을 넘겼다오.”

민 영감은 언제나 이야기를 장황하게 늘어놓았지만 결국에는 모두 이치에 맞는 데다가 속속들이 풍자를 머금었으니 변사(辯士)라고 할 만하였다. 손님들도 질문할 말이 막혀 더 이상 따지지 못하게 되자 한 손님이 화를 벌컥 내면서 물었다.

“그럼 영감님은 두려운 게 있소?”

민 영감이 잠자코 있다가 별안간 목소리를 높여서 말하였다.

"이 세상에서 가장 두려운 건 바로 나 자신이라오. 내 오른 눈은 위엄 있는 용이고 왼 눈은 무서운 범이거든. 세 치 혀 밑에는 날이 선 도끼를 간직했고 팔을 구부리면 팽팽한 활처럼 보이지. 나를 잘 다스리면 어린아이처럼 착해지지만 조금만 잘못하면 짐승처럼 될 수도 있다오. 스스로 삼가지 못하면 장차 제 자신을 물어뜯고 망칠 수도 있는 거지요.

그래서 공자님께서 말씀하시기를, '자신의 이기심을 극복하여 예법으로 돌아가라' 고 하였고 '악함을 누르고 참된 마음을 지녀라.' 하였지요. 성인께서도 스스로를 두려워하신 거라오."

민 영감은 계속하여 여러 가지 어려운 질문을 받았지만 그의 대답은 막힘이 없었다. 결국 아무도 그를 골탕 먹이지 못했다.

그는 자신을 자랑하기도 하고 스스로 칭찬하기도

했다. 또한 민 영감은 얼굴빛 하나 변하지 않고 옆 사람을 조롱거리로 만들어 사람들이 모두 허리를 잡고 웃게도 하였다.

어떤 사람이 민 영감에게 말해 주었다.
"해서 지방에 황충(蝗蟲)이 들끓어 관청에서는 백성 들더러 잡으라고 감독한답디다."
민 영감이 그에게 물었다.
"황충을 무엇 때문에 잡으려 하는데?"
"이 벌레는 누에보다도 작으며 알록달록하고 털 이 돋쳤지요. 이놈들이 벼에 붙으면 멸곡(滅穀,
벼멸구)이라 부르며 벼농사에 극심한 피해를 주고 곡식을 축내지요. 그래서 황충을 잡아다가 땅속에 묻는답니다."
민 영감이 한심하다는 듯 말했다.
"이따위 조그만 벌레를 가지고 무얼 걱정한담. 내 보기엔 종로 네거리 한길을 가득히 오가는 것들이 모두 커다란 황충이던 걸. 키는 보통 일곱 자가 넘고 대가리는 검은 데다 두 눈은 번득이지, 아가리는 주먹이 드나들 만큼 큰 데다 무슨 소린지 연신 지껄여 대고, 구부정한 허리에 발굽이 서로 부딪고 궁둥이가 잇달아 있더군. 이놈들보다 더 멸곡하고 곡식이란 곡식을 죄다 축내는 놈들이 없지. 내가 그놈들을 잡고 싶었는데 큰 바가지가 없어서 못 잡았다네."

그렇게 말하니 참으로 이런 벌레가 가까이 있는 것처럼 생각되어 그 자리에 있던 사람들이 크게 두려워했다.

하루는 민 영감이 왔기에, 나는 그를 놀려 주려고 은어(隱語)로 말하였다.

"춘첩자(春帖子)에 방제(尨蹄)구나."

잠시 생각하다가 민 영감이 껄껄 웃으면서 말하였다.

"춘첩자는 입춘(立春)에 문(門)에다 붙이는 문(文)이니 바로 나의 성인 민(閔)일 것이오. 방(尨)은 늙은

개라는 뜻으로 나를 욕하는 말에다가, 제(啼)는 이빨이 빠져 웅얼대는 내 말소리가 듣기 싫다는 뜻일 테지. 그대가 만약 방(狵)이 두렵다면 견(犬)을 떼어 버리고, 웅얼대는 소리가 듣기 싫다면 그 구(口)를 막아야 하겠지. 그러면 그 나머지 글자인 제(帝)는 조화를 뜻하고 방(尨)은 큰 물체를 뜻한다오. 그렇게 해서 '제' 자와 '방' 자를 붙이면 조화로운 큰 존재라는 뜻의 용(龍)이 되겠지요. 그렇다면 그대는 나를 놀린 게 아니라 도리어 나를 칭송한 게 되었다오."

그 이듬해에 민 영감이 세상을 떠났다. 세상 사람들은,

"민 영감이 비록 지나치게 넓고 기이하며 어디에도 얽매이지 않고 엉뚱했지만, 그의 성격은 깨끗하고 곧으며 즐겁고도 호탕하였다. 〈주역〉에도 밝고 노자의 글을 좋아했으며, 웬만한 책은 안 읽은 것이 없었다."

하고 칭찬하였다.

이번 가을에 내 병이 다시 도졌지만 예전처럼 나의 답답한 가슴을 후련하게 풀어 줄 민 영감을 다시는 볼 수 없게 되었다. 그래서 나는 그와 더불어 나누었던 은어, 해학, 풍자 등을 기록하여 이 '민옹전'을 엮었다. 때는 정축년(1757) 가을이다.

이에 시를 지어 민 영감의 죽음을 애도한다.

아아, 민 영감이시여!

괴상하고도 기이하며, 놀랍고도 엉뚱하구려.

재미있기도 하고 노여워하기도 하며,

또한 얄밉기도 하구려.

바람벽에 그린 수많은 까마귀가

끝내 용맹스러운 새매로

화하지 못한 것처럼

영감께선 뜻을 지닌 고귀한 선비였건만

끝내 늙어 죽을 때까지 뜻을 펼치지 못했구려.

내가 그대를 위해 전(傳)을 지었으니

아아, 그대는 영원히 죽지 않을 거외다.

나는 이제야 도를 깨달았다!

마음을 다스리는 자는
눈과 귀가 누가 되지 않지만,

제 눈과 귀만을 믿는 자는
보고 듣는 것을 더욱 밝혀

도리어 병이 되는 것이다.

일야구도하기

일야구도하기 미리보기

강물이 흐르면서 급한 경사와 바위에 부딪힌 물결이 울부짖는 소리로 들리기도 하고 전차 만대가 굴러가는 것처럼 큰 소리를 낸다. 사람들은 요동 벌판이 옛날의 전쟁터였기 때문에 그런 소리가 난다고 하였다. 그러나 소리는 듣기에 따라 다르게 들을 수 있으며 작자가 산속의 집에 누워 계곡물 소리를 듣자니 마음의 변화에 따라 들려오는 소리가 모두 다르다고 하였다.

사람들이 장마가 진 요하를 건널 때에 기도하듯이 하늘을 쳐다보고 건너는 것은 강물을 눈으로 보면 어지러워 물에 빠질지 모르는 두려움 때문이다. 또 요하의 물소리가 나지 않는 것은 평야에 위치하여 그렇다고 했는데 사실은 낮에 건너기 때문이며 밤에 요하를 건너면 눈이 보이지 않아 귀로 위협적인 소리만 들리는 것이다. 그러나 눈과 귀를 믿기보다 마음을 다스리고 바른 판단을 할 수 있게 되자 강에 대한 두려움이 없어져 자유롭게 왕래할 수 있었다고 하였다.

일야구도하기 핵심보기

일야구도하기(一夜九渡河記)는 '하룻밤에 아홉 번 강을 건넌 기록'이라는 뜻으로, 박지원의 중국 여행기인 《열하일기》 중 '산장 잡기'에 수록되어 있다. 요하를 건너면서 귀에 들려오는 물소리가 상황의 변화에 따라 다르다는 사실을 경험하고, 강물 소리를 통하여 감각기관과 마음의 상관관계를 설명하였으며 사물에 대한 정확한 인식에 도달하는 방법은 외계의 영향을 배제한 순수한 이성적 판단에 의하여야 한다는 것을 통해 인식의 허실을 예리하게 지적하고 있다.

一夜九渡河記

큰 강물은 두 산골짜기에서 흘러나와 바윗돌과 부
딪쳐 거세게 흐른다. 그 놀란 듯한 물줄기와 성난
물머리와 슬픈 곡조로 원망하면서 우는 듯한 여울
소리가 굽이쳐 돌면서 내달려 부딪치듯, 싸우며 곤
두박질치듯, 바쁘게 호령하는 듯, 순식간에 성(城)
이라도 부술 기세다.

전차와 기마부대, 수많은 대포와 큰북으로는 거대한
무엇인가가 무너져 내리고 쏟아져 나오며 내뿜는 듯
한 소리를 아무리 해도 형용할 수 없을 것이다.

모래밭 위의 큰 바위들은 시커멓게 우뚝우뚝 서 있
고, 강 언덕의 늘어진 버드나무는 마치 컴컴한 밤

에 물귀신들과 하수귀신들이 앞을 다투어 사람을 놀래키는 것 같기도 하고 좌우의 이무기들이 사람을 붙잡으려고 하는 것 같기도 하였다.

혹자는 '여기는 옛 전쟁터였으므로 강물소리가 그렇다.' 라고 말하지만 그 때문에 그런 것은 아니다. 강물소리는 듣기 여하에 달려 있는 것이다.

산중에 있는 나의 집 앞에 큰 시내가 있어 매양 여름철이 되어 큰 비가 한번 오고 나면, 시냇물이 갑자기 불어나서 그때마다 우렁찬 차기(車騎)와 포고(砲鼓)의 소리를 듣게 되어 마침내 귀에 익숙해졌다. 언젠가 나는 방문을 닫고 누워서 물소리를 비교해 본 적이 있었다.

깊은 숲의 소나무가 퉁소 소리를 내는 것처럼 들리는 것은 듣는 이가 청아(淸雅)한 탓이요, 산이 무너지고 언덕이 쏟아지는 듯한 소리가 들리는 것은 듣는 이가 분노한 탓이요, 개구리가 시끄럽게 우는 것 같은 소리는 듣는 이가 교만한 탓이요, 천둥과 우레가 급하게 나는 듯한 소리는 듣는 이가 놀란 탓이요, 찻물이 문무(文武)를 겸하여 약하게 혹은 세게 끓는 듯이 들린다면 취미가 고상한 탓이요, 거문고가 궁우에 잘 어우러지는 듯한 소리는 듣는 이가 슬픈 탓이요, 종이를 바른 창문이 바람에 우는 듯한 것은 누군가를 기다리며 듣는 탓이다.

이는 모두 물소리를 있는 그대로 듣지 않고 마음속으로 상상하여 소리를 만드는 것이었다.

지금 나는 밤중에 요하 강을 아홉 번 건넜다. 강은 새외로부터 나와서 만리장성을 뚫고 유하와 조하, 황화진천 등 여러 강물과 합쳐 밀운성(密雲城) 아래를 거쳐 백하(白河)가 되었다.

내가 요동에 들어섰을 때에는 바야흐로 뜨거운 한여름이었다. 햇볕을 그대로 받으며 길을 가는데 홀연히 큰 강이 앞에 나타나서는 붉고 세찬 물살이 산같이 일어나 끝이 보이지 않았다. 이것은 대개

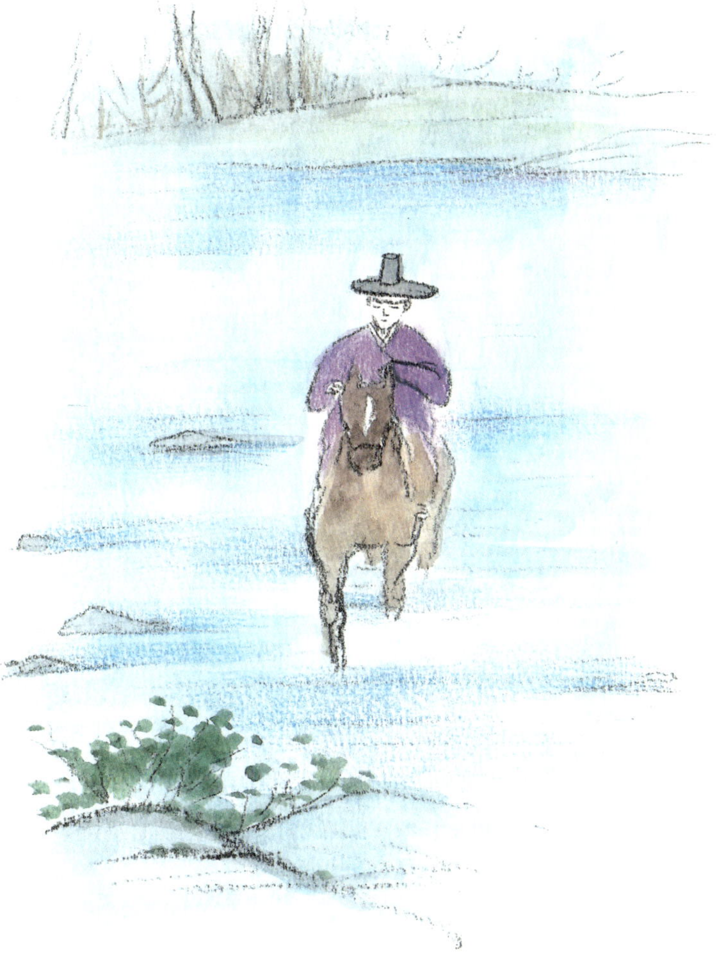

먼 곳에 폭우가 쏟아
진 때문이었다.

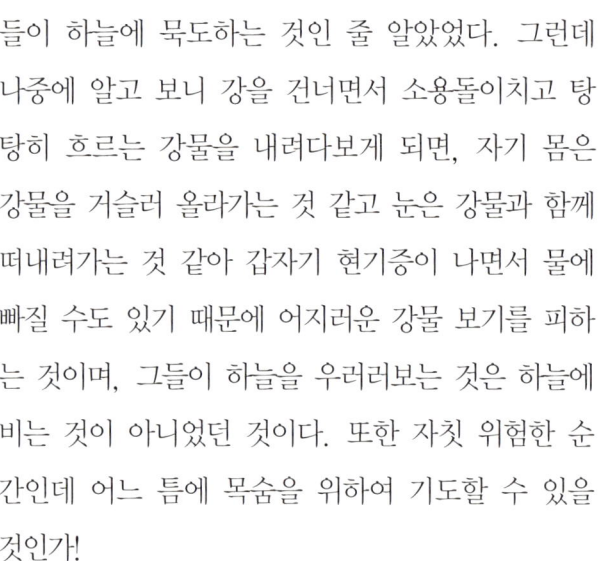

강물을 건널 때 사
람들이 모두 머리
를 들어 하늘을 우러
러보자, 나는 처음에 사람
들이 하늘에 묵도하는 것인 줄 알았었다. 그런데
나중에 알고 보니 강을 건너면서 소용돌이치고 탕
탕히 흐르는 강물을 내려다보게 되면, 자기 몸은
강물을 거슬러 올라가는 것 같고 눈은 강물과 함께
떠내려가는 것 같아 갑자기 현기증이 나면서 물에
빠질 수도 있기 때문에 어지러운 강물 보기를 피하
는 것이며, 그들이 하늘을 우러러보는 것은 하늘에
비는 것이 아니었던 것이다. 또한 자칫 위험한 순
간인데 어느 틈에 목숨을 위하여 기도할 수 있을
것인가!

목숨이 위험할 정도였으니 사람들은 강물소리도 듣
지 못하고 이렇게 말하였다.

"요동 벌판이 평지에다 매우 넓기 때문에 강물소리

가 크게 나지 않는 것이다."

하였는데 이것은 강을 제대로 알지 못하는 말이다. 요하가 소리를 내지 않는 것이 아니라 단지 밤중에 건너지 않았기 때문이다. 환한 낮에는 위험한 강물을 볼 수밖에 없어 두려워하며 도리어 눈이 있는 것을 걱정하는 판이니 귀에 들리는 소리가 있을 것인가? 지금 나는 밤중에 강을 건너느라 눈으로는 위험한 것이 보이지 않고 두려움이란 오로지 강물 소리에만 있어 바야흐로 귀가 무서워하며 걱정을 이기지 못하는 것이었다.

이제야 나는 도(道)를 깨달았다!

마음을 다스리는 자는 눈과 귀가 누(累)가 되지 않지만, 제 눈과 귀만을 믿는 자는 보고 듣는 것을 더욱 밝혀 도리어 병이 되는 것이다.

내 마부가 말굽에 발을 밟히는 바람에 그를 마차에 태웠다. 말의 고삐를 풀어주고 나서 나는 무릎을 구부

려 발을 모으고 말안장 위에 앉았으니, 한번 떨어지면 그대로 강물 속이다. 강물로 땅을 삼고 강물로 옷을 삼으며, 강물로 내 몸을 삼고 강물을 본성으로 삼으니, 이제야 내 마음을 다스리고 눈과 귀보다 마음을 믿게 되었다. 내 귓속에서 강물소리가 없어지니 강을 아홉 번이나 건너는데도 걱정이 없어 땅 위의 수레에 앉아 있는 것 같았다. 옛날 우나라 왕이 강을 건널 때 황룡이 우왕이 탄 배를 등으로 업어 지극히 위험했으나 사생(死生)의 판단을 먼저 마음속에 밝히고 보니 용이거나 지렁이거나, 크거나 작거나 논할 바가 못 되었다.

소리와 빛은 외물(外物)이니 외물이 항상 눈과 귀에 폐를 끼쳐 사람으로 하여금 올바로 보고 듣는 것을 방해하고 판단을 흐리게 하는 것이다. 하물며 세상이라는 강물을 지나는 데 있어서는 그 험하고 위태로운 요하보다 심하며 보고 듣는 것이 오히려 병이 되는구나!

나는 다시 산중으로 돌아가 집 앞 시냇물 소리를
들으면서 이때의 깨달음을 되새겨보고, 마음을 살
피기보다 눈과 귀의 총명함만 자신하는 자들에게
경고하는 바이다.

나는 오늘에서야 비로소

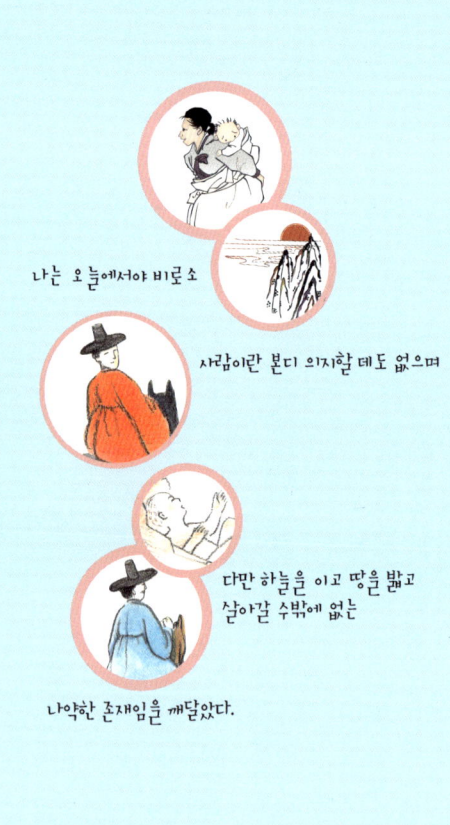

사람이란 본디 의지할 데도 없으며

다만 하늘을 이고 땅을 밟고
살아갈 수밖에 없는

나약한 존재임을 깨달았다.

통곡할 만한 자리

통곡할만한 자리 미리보기

작가는 요동 벌판을 보고 '한바탕 울고 싶다'고 표현한다. 사람들은 슬픔에만 울음을 자아낸다고 여기고 다른 감정에는 울음을 연결시키지 못하는데 사실은 인간의 일곱 가지 감정이 극에 달하면 모두 울음으로 표현할 수 있다고 하였다. 여기에서 드넓은 벌판을 보고 통곡할만한 자리라고 한 것은 슬픔에서 비롯되는 것이 아니라 기쁨이 극에 달해 북받쳐 나오는 울음으로, 갓난아이가 어둡고 비좁은 어미의 태 속에서 넓은 세상으로 나와 터트리는 울음과 같다고 하였으며 새로운 세계를 접하는 자신의 기쁨을 표현하며 천하의 드넓은 벌판을 보고 감탄대신 통곡하겠다고 말하는 것이다.

통곡할만한 자리 핵심보기

'통곡할만한 자리'는 박지원이 청나라를 여행하고 쓴 기행문 《열하일기》중의 한 편으로, 새로운 문물과 사상에 깊은 관심을 가졌던 작가가 요동의 백탑과 광활한 요동 벌판을 보고 적절한 비유와 구체적인 예를 통해 매우 실감나게 묘사하고 있다. 특히 천하의 장관인 광활한 벌판을 보고 '통곡하기 좋은 울음터'라고 말하면서 그 까닭을 나름대로의 독특한 논리로 설명하고 있어서 '호곡장론(好哭 場論)'이라는 이름으로 불리기도 한다. 장관을 보고 감탄하는 것이 아니라 통곡하겠다고 하는 발상의 전환, 대상에 대한 치밀한 분석과 적절한 비유가 공감을 일으키는 작품이다.

痛哭할만한 자리

칠월 초팔일 갑신일, 맑음.

정 진사와 가마를 타고 삼류하(三流河)를 건너 냉정
에서 아침을 먹었다. 십여 리 남짓 가다가 산기슭
을 돌아 나오자, 태복이 허리를 굽히고 말 앞으로
달려 나와 땅에 머리를 조아리고 큰소리로 외쳤다.

"백탑(白塔)이 곧 현신하오."

태복이란 자는 정 진사의 말을 맡은 하인이다. 태
복의 말이 있었지만 산기슭이 앞을 가려 백탑은 아
직 보이지 않았다. 그런데 말을 채찍질하여 수십
보를 채 가기도 전에 산기슭을 벗어나니 눈앞이 아
찔해지며 눈에 헛것이 현란했다.

나는 오늘에서야 비로소 사람이란 본디 의지할 데

도 없으며 다만 하늘을 이고 땅을 밟고 살아갈 수
밖에 없는 나약한 존재임을 깨달았다.

말을 멈추게 하고 사방을 돌아보다가 나도 모르게
이마에 손을 대고 말하였다.

"통곡할만한 자리로다! 한바탕 울어볼 만하구나!"

정 진사가 의아해하며 물었다.

"이 같은 천지간에 이렇게 시야가 시원스레 탁 트
인 드넓은 벌판을 만나 속이 후련해지는데 갑자기
한바탕 울고 싶다니 그게 무슨 말씀이오?"

내가 대답하였다.

"그 말도 맞지만 꼭 그것만 있는 것이 아니라오.
예부터 영웅은 잘 울고 미인은 눈물이 많다지만 아
무리 그래도 두어 줄기 소리 없는 눈물이 그저 옷
깃을 조금 적시는 것뿐이요, 아직까지 그 울음소리
가 천지에 가득 차올라 쇠로 된 종이나 돌에서 울
리는 것 같다는 말을 들어 보진 못했소.

사람들은 희노애락애오욕(喜怒哀樂愛惡欲) 칠정(七情) 중에서 오직 슬픔(哀)만이 울음을 자아내는 줄 알았지 다른 감정 역시 모두 울음을 자아내는 줄은 모를 것이오.

기쁨(喜)이 극에 달해도 울게 되고, 노여움(怒)이 사무치면 울게 되고, 즐거움(樂)이 극에 달하면 울게 되고, 사랑(愛)이 사무쳐도 울게 되고, 미움(惡)이 극에 달하여도 울게 되고, 욕심(欲)이 사무치면 또한 울게 된다오.

답답하고 억눌렀던 감정을 확 풀어버리는 것으로 큰소리로 우는 것보다 더 빠른 방법은 없소. 울음이란 천지간의 뇌성벽력에 비할 수 있을 거요. 극에 달하여 복받쳐 나오는 감정으로 울음이 터지는 것이 웃음과 무엇이 다르겠소?

사람들은 일상 중에 이처럼 지극한 감정을 겪어 보기가 쉽지 않기 때문에 교묘하게 일곱 가지 감정을 늘어놓고 '슬픈 감정(哀)'에만 울음이 어울린다고 생각하는 것이라오. 그래서 사람이 죽어 초상을 치를 때에는 슬픈 일이라 하여 억지로라도 '아이고'

하며 울부짖는 것이지요.

그러나 정말로 칠정에서 우러나오는 지극하고 참다운 소리는 참고 억눌러 천지간에 쌓이고 맺혀도 감히 터져 나올 수 없소. 저 한나라의 가의는 자기의 울음터를 얻지 못하고 결국 참다못해 자신을 알아준 왕의 선실(宣室)을 향하여 큰소리로 울부짖으니, 어찌 사람들을 놀라게 하지 않을 수 있었을 것이오?"

정 진사가 듣고 있다가 다시 물었다.

"그래, 지금 통곡할만한 자리가 이토록 넓으니 나도 그대를 따라 한바탕 통곡을 해야 할 텐데 무엇 때문에 울어야 할지 모르겠소. 칠정 가운데 어느 '정'을 골라 울어야 하겠소?"

내가 대답하였다.

"갓난아이에게 물어보시지요. 아이가 처음 어미의

　배에서 밖으로 나오며 느끼는 '감정'이란 무엇이겠소? 처음에는 밝은 빛을 볼 것이요, 다음에는 부모와 친척들이 눈앞에 모여 있는 것을 볼 수 있으니 아기는 기쁘고 즐겁지 않을 수 없을 것이오.

　태어나서 처음으로 갖는 이 같은 기쁨과 즐거움은 늙어 죽을 때까지 두 번 다시 없을 일이니 슬픔이나 노할 일이 있을 리 없고, 그 '감정'이란 응당 즐거움과 기쁨으로 소리 내어 웃는 것이 당연하지만 도리어 분하고 서러움이 복받치는 듯 한없이 울음을 터뜨린다오.

이것을 보고 어떤 이는 말하기를 인생은 잘났든 못났든 제왕이든 백성이든 태어나 언젠가 죽기는 매일반이요, 살아 있는 동안에 허물과 환란, 근심과 걱정을 백방으로 겪을 테니 갓난아이는 세상에 태어난 것을 후회하며 스스로 먼저 통곡하여 제 조문(弔問)을 제가 하는 것이라고도 하오.

하지만 이것은 결코 갓난아이의 진심이 아닐 것입

니다. 아기가 어미의 태 안에 자리를 잡고 있을 때는 어두운 데서 갑갑하게 얽매이고 비좁게 지내다가 하루아침에 탁 트인 넓은 곳으로 빠져 나와 팔을 펴고 다리를 뻗어 정신마저 시원하게 될 테니, 어찌 감정이 다하도록 참된 소리를 질러 한바탕 울음을 쏟아내지 않을 수 있으리오!

그러므로 갓난아이의 울음소리에는 기쁨이 극에 달해 나오는 것이며 가식이 없다는 것을 마땅히 본받아야 할 것이오.

금강산 비로봉 꼭대기에 올라서서 멀리 동해 바다를 굽어보며 한바탕 통곡할 '자리'를 잡을 만할 것이요, 황해도 장연의 금사(金沙) 바닷가에 가도 한바탕 통곡할 '자리'를 얻을 수 있을 것이오. 그런데 오늘 요동 벌판에 이르고 보니 이곳에서부터 산해관까지 일천이백 리 구간은 사방을 둘러봐도 도무지 산 하나도 볼 수 없고 하늘과 땅이 실로 꿰맨 듯 맞붙어 있어 이 벌판 가운데를 오고 가는 비와 바람만이 창망할 뿐이니, 이곳 역시 한바탕 통곡할 만한 '자리'가 아니겠소?"

박지원(朴趾源 1737~1805)

조선 후기 문신·학자이며 호는 연암, 자는 중미, 시호는 문도공이다. 16세에 처삼촌인 영목당 이양천에게 학문을 배우기 시작하여 20대에 이미 뛰어난 글재주를 보였으며, 30대에 세상에 널리 이름이 알려지게 되었다. 박제가·이서구 등과 학문적인 교류를 가졌으며, 홍대용·유득공 등과는 이용후생에 대해 자주 토론하였다. 1765년 과거에 낙방하자 오직 학문과 저술에만 전념하다가 1780년(정조 4) 팔촌 형인 박명원을 따라 청나라 문물을 두루 살피고 왔다. 이 연행을 계기로 하여 충·효·열 등 같은 인륜적인 것이 지배적이던 조선 사회로부터 실학, 즉 이용후생면으로 가치 체계의 변화를 가져오게 되었다. 그때의 일을 기행문체로 기술한 《열하일기》 26권을 남겼는데, 여기에는 《양반전》 《허생전》《호질》 등 주옥같은 단편 소설들이 실려 있다. 서학에도 관심을 가져 자연과학적 지식의 문집으로 《연암집》이 있고, 연행 뒤 《열하일기》를 지어 백성에게 이롭고 나라에 도움이 되는 것이라면 이적의 것이라도 그것을 취하여 배워야 한다고 주장하였다. 1786년 음사로 선공감감역 관직에 들어서서 사복시주부·한성부판관·면천군수 등을 거쳐 1800년 양양부사를 끝으로 관직에서 물러났다.

문장가로서 정아한 이현보의 문장과 웅혼한 그의 문장은 조선 시대 문학의 쌍벽으로 평가된다. 희화·풍자의 수법과 수필체의 문장들은 문인의 역량을 잘 나타내 주는 특징이라고 할 수 있다. 《열하일기》, 《허생전》, 《양반전》, 《호질》, 《민옹전》, 《광문자전》, 《김신선전》, 《역학대도전》《봉산학자전》《과농소초》 등이 대표적인 작품이다.

국어과 선생님이 뽑은

한국문학읽기
한국고전읽기
세계문학읽기